乡居文丛

路景涛——主编

渔猎/消逝的渔歌

草白 小麦 等著

GUANGXI NORMAL UNIVERSITY PRESS
广西师范大学出版社
·桂林·

渔猎：消逝的渔歌
YULIE：XIAOSHI DE YUGE

图书在版编目（CIP）数据

渔猎：消逝的渔歌 / 草白等著. —桂林：广西师范大学出版社，2018.9（2018.12 重印）
（乡居文丛 / 路景涛主编）
ISBN 978-7-5598-1174-5

Ⅰ. ①渔… Ⅱ. ①草… Ⅲ. ①散文集－中国－当代 Ⅳ. ①I267

中国版本图书馆 CIP 数据核字（2018）第 203699 号

广西师范大学出版社出版发行
（广西桂林市五里店路 9 号　邮政编码：541004
网址：http://www.bbtpress.com）
出版人：张艺兵
全国新华书店经销
北京博海升彩色印刷有限公司印刷
（北京市通州区中关村科技园通州园金桥科技产业基地环宇路 6 号　邮政编码：100076）
开本：787 mm × 1 092 mm　1/32
印张：6.625　　字数：115 千字
2018 年 9 月第 1 版　　2018 年 12 月第 2 次印刷
印数：6 001~8 000 册　　定价：49.80 元

目录

卷一　纪录 | 寻访白洋淀渔人

卷二　纵览 | 白洋淀的渔歌

卷三　技艺 | 渔猎谱

卷四　亲历 | 一个人的渔猎记忆

卷五　访谈 | 贾慧献：追故乡的人

卷一

纪录 | 寻访白洋淀渔人

（文|草白）

诗人休斯在《黑人谈河流》一诗中写道:“我了解河流/我了解和世界一样古老的河流/比人类血管中血液之流更古老。”

在干旱的华北平原，拥有三百多平方公里水域的白洋淀几乎是个奇迹。它把人、自然和岁月紧密地联系在一起。在未来岁月里，将会有更多的人抵达白洋淀，寻找精神上的飞地——一个无限的可以自由生长的空间。

·出游

我很早就知道白洋淀。在孙犁先生笔下，那片水域弥漫着传奇色彩。特殊年代里华北人民的勇敢、智慧与血性，至今仍留在文字世界里，留在那片波光荡漾的芦苇丛中。

因为“白洋淀”这个亲切而熟悉的地名，来冀中平原之前，我脑海里就不时闪现许多画面，纷乱而模糊。

“芦花开的时候，远远望去，黄绿的芦苇上好像盖了一层厚厚的白雪。风一吹，鹅毛般的苇絮就飘飘悠悠地飞起来，把这几十家小房屋都罩在柔软的芦花里。”

这是《小英雄雨来》中的句子。雨来，一个顽皮、勇敢的男孩，遥远童年时代的伙伴，在书本里天天与我见面的人。他从芦苇丛中露出小脑袋，他没有死。原来，他趁着敌人慌乱开枪的间隙，跳入水里，钻进了芦苇丛中。

——这不是孙犁先生的文字，而是作家管桦的作品。我从那篇课文里第一次知道一种叫作“补叙”的写作手法。

童年过去很久之后——这个初春的黄昏，我首次踏上冀中平原，心头萦绕着一种恍惚之感，好像此行是对我遥远童

年生活的“补叙”，是记忆与现实的美妙衔接。

车窗外，春天的冀中平原冷意依旧，高耸的杨树列队如兵阵，枝干瘦削，树形挺拔，还未吐露芳华。田野里却有星星点点的绿意正在萌生，黄绿相间，绿色部分日渐扩大，迟早要成覆盖之势。昏暗的光线里，平原深阔而寂静，暗黄与浅绿彼此辉映，远远出现的田埂上的树，孤单的几株，舒展的身姿，给人以美和震撼。

一个声音告诉我，这就是冀中平原的白洋淀地区，可我还没有看见水和黄绿的芦苇丛，也没有看见书本上的英雄人物。一些房屋隐在田野后面，露出隐约的灰色与褐色的轮廓，有一种北方初春的清冷感。

有一刹那，我似乎听到咿咿呀呀的船桨划开水面的声响，浩荡的苇叶摇晃着发出哗啦声，水鸟迎风飞向春和景明的白洋淀湖面。

· 冰床

淀，指浅的湖泊。白洋淀，位于河北省中部，由一百多个大大小小的淀泊组成，是河北省最大的湖泊。它不同于南方的湖泊，也与北方的人工水库迥异。它是独特的。其中沟壕纵横，园田点缀其间，淀内水村宛如小岛，停立淀上。

春天芦芽吐翠，夏日红莲绿苇，秋时芦花飞舞，冬至坚冰如玉。

一切美景皆发生在湖上，在晃荡的水波里。

《诗经·卫风》有句："谁谓河广？一苇杭之。"这可能是中国文学史上最早的关于渡河的记录。既有湖，便要有船。白洋淀船始于何时，因年代久远已无法考证。能确定的是，大批船只集中出现在白洋淀始于北宋。

据《圈头乡志》记载，宋太平兴国六年，六宅使何承矩、宋将杨延昭治理白洋淀和镇守边关时，大搞"塘泺防线"，其工程浩大，"发诸镇兵一万八千人给其役"，并设哨所一百二十五处，"戍卒了千人乘船百艘往来巡逻"，可见当时白洋淀船只数量之多。

古白洋淀源于古黄河，又濒临渤海。洪水滔滔，川流不息。司马迁《史记·河渠书》中记述了大禹治水"陆上乘车，水上乘船，疏引黄河，到大陆泽，分为九河，又会合为逆河，流入渤海"的史实。白洋淀周边发掘的商周、战国和汉文化遗址，都可证明人类早期就在这一带活动，且借助舟船等工具。

史书记载，白洋淀的船很特别。中国北方各地的船只，都与此地有着千丝万缕的关联。如果要细分，白洋淀的船大致可分为：运、舱、排、舫、渡、旅等。在铁船出现之前，造船材料以木料为主，且用料讲究，主要是红松、白松、槐木等。

其中，让我最感兴趣的是一种叫“冰床”的船。当北国大地冰封雪飘，冬天的白洋淀结了冰，沟壑纵横。这时候，冰床出现了。

《圈头乡志》详尽地记载了这种水上运输工具。它的形状像梯子，由两块长方木、五根横木、两根铁条组成。两块长方木各宽约两寸，长约六尺，高约三寸。五根横木各长约一尺六寸，宽扁形，两块长方木榫卯相接。最后将两根铁条镶嵌于两块长方木下。人立于冰床后，用挽子[①]驱动。

看志书的时候，我的脑海里缓慢地浮现出一个个画面。冬天的白洋淀湖面结了冰，芦苇上挂着霜花，梦幻而安宁。寒冷使得一切都发生了改变。阳光照在冰面上，显得异常迷离，给人一种油画般斑驳陆离的美感。冰下有残荷、芦苇枯枝以及断裂的水草。人在冰上走，冰床载着芦苇秆在上面滑行，那是一种什么感觉呢？想必与陆上行走、水上行舟都不同吧。

我们来时，淀上河水冷冽依旧，可冰面早已融化，冰床也已束之高阁。孙犁曾在短篇小说《嘱咐》里详细描写过这种交通工具。某个冰天雪地的日子，一个叫水生的战士趁着

①挽子：当地方言，套在冰床上用以拉冰床的器具。

战斗间隙回家看望家人。他的妻子就是用这种交通工具，将他再次送往战争前线。

“她轻轻地跳上冰床子后尾，像一只雨后的蜻蜓爬上草叶。轻轻用竿子向后一点，冰床子前进了。大雾笼罩着水淀，只有眼前几丈远的冰道可以望见。河两岸残留的芦苇上的霜花飒飒飘落，人的衣服上立时变成银白色。她用一块长的黑布紧紧把头发包住，冰床像飞一样前进，好像离开了冰面行走。她的围巾的两头飘到后面去，风正从她的前面吹来。她连撑几竿，然后直起身子来向水生一笑。她的脸冻得通红，嘴里却冒着热气。小小的冰床像离开了强弩的箭，摧起的冰屑，在它前面打起团团的旋花。”

——那大概是一种类似于梦幻的感觉吧。

·寻访

2018年3月18日上午，我们驱车来到圈头乡圈头村。就在一年之前，这个原属于安新县的村庄，如今已属于举世瞩目的雄安新区。这里也是三百多平方公里白洋淀水域的中心。圈头，顾名思义，就如一个圆圈中的核心。若以此为出发点，有水路航道八条，可谓四通八达。

在未通陆路之前，这里几百年来都是孤岛。人们以捕鱼、

织席为生，在水上生老病死。祖宗的遗骸就埋在自家苇田里，微微隆起的小土丘，没有标志性墓碑，哪一年湖水漫上一点，便抹去一点。

不用说，这里人们的出行工具便是船。若一户人家只有一艘船，这船又恰巧出了门，便要等。可能一等便是一两天。这些居住在水上村庄里的人，很小就会划船。划船就像吃饭睡觉一样稀松平常。

在圈头村码头，我们遇见了夏俊英老人。这个土生土长的白洋淀人，小时候捕过鱼，成年后去天津谋生，十几年前再回故里。如今，他不是渔人，却以一艘小机船载游客去往白洋淀各处水域观光览胜。

“你们来得太早啦，应该四五月份来，六七月份也行，那时候，苇子绿了，荷花开了，河面上香喷喷啊。冬天来也好咧。锯开冰层，捕大鱼。好家伙，最大的鲤鱼有三四十斤重呢。”

小机船慢吞吞地启动后，果断地分开水面，往白洋淀深处滑行而去。夏师傅眯着眼睛，以天津口音的普通话热烈地与我们絮叨着。黝黑的脸颊上不时地有回忆所带来的惊喜之色掠过，又淡淡地任其远去。

船行水面，拨开两边清冷、深褐的湖水，莽莽苍苍的芦苇丛在不远处与天空相接。芦花与苇叶此刻仍是枯萎色，偶有同色调的杨树屹立其后，与水色、天空和谐地互相映衬着，色彩层次饱满而丰富，给人一种内心的冷静感，却绝不感到枯索。

在船行白洋淀水域之前，我们寻访了圈头村村民张国振。这位白洋淀民俗文化研究第一人，住在一间不足二十平方米的小屋里。他显得寡言，即使谈及自己热爱的事业也是以淡淡的口吻出之，似乎不愿深谈。其中有一席话却让我印象深刻。他说，相比旱区，人们对水区的了解永远是不够的。白洋淀的一切都与外面不同，一年四季的概念不同，生长方式也不同。

“除了冬天那几个月湖上结冰，一年中其他时候，你无法用脚步去丈量那些地方。几百年来，这里都是孤岛。”

那一刻，脑海里盘桓不去的是孤岛的形象：白茫茫的水，芦苇荡，荷花荷叶残梗，还有穿梭其中的捕鱼船。

对于白洋淀人来说，眼前这位清瘦的老人身上有着煌煌的功勋。

功勋如下：费十七年心血研究民俗文化，先后将安新丧葬习俗、圈头村面塑、马家寨造船等十项民俗及传统技艺成功申报省级非物质文化遗产；将具有近三百年历史的圈头村音乐会用乐谱与音像的形式保存下来，从而使其入选国家级非物质文化遗产。

非物质、文化、遗产——这其中无论哪个词，都带着这个时代的烙印，它们是沉重的哀婉，也是深沉的叹息。

在我们到来之际，张国振老人正在整理圈头村村民捕鱼的影像资料，画面恰是结冰的白洋淀湖面。人们在凿冰捕鱼。一派喜庆、热闹的景象。

而初春的湖面颇显寂寥，我们的船往苇田深处行驶，惊起在此栖息的鹘丁，它们飞掠而过。那鸟儿通体黑褐，顶上有红冠子，大小如蒜瓣儿，在湖面上飞着甚是醒目。

我们的视线也不由地被那鸟儿牵引着去了芦苇深处。

夏俊英老人站在船头，将船慢慢地驶近芦苇荡，兴奋地指点给我们看。那是鹘丁，那是翠鸟，那是家燕。从前，栖息白洋淀的水鸟有二十多种，如今却不到一半了。可是，他还说得出那些禽鸟的名字，比如仙鹤、地鸣、鱼鹰、鱼狗、灰褐、小天鹅、灰沙燕，等等。

他记得最清楚的当然还是小时候打鹘丁的事。

那是春天，冰面消融，天气转暖。“好家伙，最大的鹘丁有两斤重呢。打一枪可以装两条船。水面上密密麻麻全是黑乌乌的鹘丁鸟，实在太多了。秋天到了，我们就打野鸭，那种绿头野鸭，吃小鱼小虾的，苇田里到处都是。”

远远地，我们看见一艘打鱼船，欢喜地叫了起来。此行，我们便是为寻访白洋淀渔人而来。出行前，夏俊英老人摇摇头，说：“你们不一定见得到，现在还冷，捕鱼的人不多。年轻人都不捕鱼，出外做工去了。捕鱼活儿累，辛苦，又赚不到钱。都是一些中老年人在捕。”

眼看着渔船就停在那边苇荡里，一人摇船，另一人撒网，想要快速挨近，却发现还有着望不见的距离。我们缓慢地移船，水中芦叶和苇花的倒影随风摇曳、破碎，看着有种变形了的美感。

早春的白洋淀，还是一片清冷的水域。万物正在持续而缓慢的复苏之中。

·捕鱼

在白洋淀周边的村落里，白色墙面上到处绘着捕鱼图。浅绿深绿的芦苇荡，中间湖水幽深碧绿，船行其中。画面娴静、唯美，让辛劳的捕鱼作业看着有种慢悠悠的美感。

在古代，船的叫法有很多种，比如艋、艨、艟、舴、舢、艚、舡、舫等。作为一种古老的交通工具，视觉上，船总是与水波的晃动联系在一起，给人一种无尽的跌宕的欢喜。

夏俊英老人告诉我们，捕鱼船是一种有特殊要求的船，必须要有船舱，甚至是多个舱，有些还备有“活舱”，即在第三、四舱的船舷下部开出漏面，以活水保鱼。那种船，一

般是木质，双桨，人力操作，吃水浅，转向灵活，便于作业。

那艘捕鱼船就停在前方不远处。空荡荡的淀上，只此一舟，舟上两人，脸部黝黑，脸庞看不清，只见一人不住地收着手上亮晶晶的渔网，另一人交叉划桨。

我们好奇地盯着那网看，不知道能不能捕上鱼。

“黄鱼没了，刀鱼没了，鳜鱼没了，连红鳃鱼也没了——那种鱼，肉厚，鳃上有半圈红的，长不大，像浪里白条一样。”夏俊英老人报出一长串鱼的名字，然后神情感伤，一声叹息，挥挥手：“它们都没了。统统没了。”

“从前，吃鱼是有讲究的，什么季节吃什么鱼。春鲂（鱼）夏刀（鱼）迎霜厚（鱼）[①]，打了春的鲫鱼赛猪肉。”

当回忆起小时打鱼的经历，这位老人脸上的皱纹才慢慢舒展开来。

“那时候，鲜鱼活虾有的是。十几岁的时候，四五月份，出太阳的日子，湖面晒得暖和了，鱼浮上来，随便拿起手中的钢叉，闭着眼睛都能叉着，最大的鱼有几十斤咧，一天叉下来能运上百船。湖面上，密密麻麻的全是鱼。那时候，捕鱼的一天下来，赚的比工人还多咧。”

“你看那划船的东西，在我们这里不叫桨，叫‘棹’，交叉划，省力，速度快。最厉害的那些人，只使用一支棹就能

①厚鱼：方言，即草鱼。

划。它们挂在船后面的左侧或者右侧，向前倾斜着行驶。不是老白洋淀人根本就不知道。”老人眯着眼，非常骄傲地说笑着。

正说着话，耳边忽然响起一阵清脆而连续的击打声，那声音在水面上扩散开去，“咣……咣……”声，异常突兀。夏俊英老人告诉我们，那是渔民驱赶鱼群的声音。“他们在小木船中放置一块铁板，用木棒敲击铁板，那声音会传到船底，把底下遨游的鱼群往一个方向赶。”

耳边是那啸聚的声响。我想起东晋渔人就以长木击板，惊吓鱼类入网，那种声音叫“鸣”，后来成为捕鱼方法中的声诱渔法，没想到在白洋淀也有这样的捕鱼法。我出神地聆听着，好似看见水面之下，鱼群正惊慌失措地往同一个方向游走，而一张张开的大网正在前面等着呢。

捕鱼船近了，近在眼前。高个瘦削的男子，叫陈东子，正在收网；身材敦实、双臂有力的划船者，叫张翠英。他们是合作伙伴。通过攀谈，我们遗憾地得知，这半天下来，他们还未捕到鱼。陈东子收起第二张渔网，略显羞涩地看着我们，嘿嘿一笑。我们盯着他手中的第三张网看，希望能出现奇迹。

很遗憾，墨绿色的网兜里除了一截乌黑的木疙瘩，什么都没有。“现在天冷，鱼还没活跃起来呢。”一旁的夏俊英老人笑嘻嘻地解释道。

正当我们说着话，捕鱼船划到别的地方去了。沿途，芦苇丛边，相隔不远便有一些特殊装置出现，不知是什么东西。“那是地笼，是去年冬天放在那里的。这几天，有人会来取走的。”

在白洋淀，祖辈传下来的捕鱼方式有很多种，比如网捕、下地笼、下篮、摆迷魂阵、叉鱼、夹捻子等。

“有些鱼，就喜欢往那地笼里钻。别的地方都不喜欢去。”说起鱼的这种无法解释的本性，我们会心笑过之后，心头却有种异样感涌现。

在这浩渺无边的白洋淀上，到底曾经出现过多少鱼种？有多少已经灭绝了，又有多少留下？

在白洋淀众多的捕鱼法中，花篮捕鱼算是比较特殊的一种。它利用鱼类趋光、觅食、游弋、追逐、好奇等天性，设置一个像篮子的渔具，内置诱饵，锥形口令其能进而不能出。

而鱼鹰捕鱼大概是仅存的、最古老的捕鱼方式。据了解，那些鱼鹰都是经过训练的，纪律性特别强，捕鱼过程中绝对按照渔民的口令去做，几乎没有耍滑的。当然，捕到鱼后，渔人也会给这些忠诚的伙伴以奖励。

早春的白洋淀，还未出现成群的捕鱼者的身影，更不用说鱼鹰的踪迹了。

·英雄

孙犁先生的作品尽管写的是那个特殊年代发生的事情，却给人一种超越时间的无边无际的苍茫感，就像白洋淀上的芦花，经风一吹，就纷纷扬扬。

《芦花荡》里有一段描写夜晚的大苇塘：

天空的星星也像浸在水里，而且要滴落下来的样子，到这样的深夜，苇塘里才有水鸟飞动和唱歌的声音，白天它们是紧紧藏到窝里躲避炮火去了。苇子还是那么狠狠地往上钻，目标好像就是天上。

作者在《芦花荡》里，塑造了一位活生生的白洋淀地区的老年英雄形象。那个老头子，让我想起海明威《老人与海》中的圣地亚哥。同是渔夫，骨子里有同样倔强、不服输的风骨。

在白洋淀码头，我也见到过一位老人，名叫夏铁山。他以下地笼捕鱼为生。黝黑沧桑的脸庞，脸上皱纹纵横交错，双手或因长期浸在水里，骨节已经扭曲变形。

他七十岁，看上去却比实际年龄更老。

与网捕不同的是，下地笼捕鱼是可以单独完成的作业，既不需要合作伙伴，也不用每日出工，貌似自由、安逸得多，而其中的艰辛只有亲历者才知。夏铁山不愿多提下地笼捕鱼的艰辛，只说“当那些地笼长了水草，缠了青苔，变得黑乎乎的，就提不动了”。

“嘿嘿，我的腰坏了。老了，不中用啦。”

他站在他的地笼边，身后是白洋淀宽阔无边的水域。芦苇在风中飘荡，远望一片苍茫。他抽着烟，那种自制的卷烟，狠狠地吸一口，再嘿嘿一笑。烟雾罩住他的脸。长期水中作业者的脸庞上写着温和、坚毅与孩童般的羞涩。

我们问一句，他答一声，并没有一句多余的话。——他对自己的职业有一种发自内心的满足感。

比较着，我们来看孙犁笔下《芦花荡》里的那个老头子：

老头子过于自信和自尊。每天夜里，在敌人紧紧封锁的水面上，就像一个没事人，他按照早出晚归捕鱼撒网那股悠闲的心情撑着船，编算着使自己高兴也使别人高兴的事情。

可是，没过多久，他护送的那两个女孩中的一个，受了伤。伤得还比较严重。他感到羞愧难当，无端地觉得自尊心受到了伤害。自己无儿无女的，他爱那两个孩子。可是，却发生了这样的事。

“他们打伤了你，流了这么多血，等明天我叫他们十个人流血!”

两个孩子全没有答言，老头子觉得受了轻视。他说:

“你们不信我的话，我也不和你们说。谁叫我丢人现眼，打牙跌嘴呢！可是，等到天明，你们看吧!”

小女孩子说:

“你这么大年纪了，还能打仗?”

老头子狠狠地说:

“为什么不能？我打他们不用枪，那不是我的本事。愿意看，明天来看吧！二菱，明天你跟我来看吧，有热闹哩!”

果然，好戏来了。这个要强、倔强的老头为了在两个孩子面前挽回颜面，不禁铤而走险。他要和鬼子斗一把。干得还真是漂亮呢。

老头子把船一撑来到他们的身边，举起篙来砸着鬼子们的脑袋，像敲打顽固的老玉米一样。

他的动作可真是爽脆、利落，没有一点拖泥带水，根本不像是这个年纪的人所为。在那苇塘的边缘，在密密的苇叶的遮掩下，有一个女孩正在默默观看着这场英雄的表演。

如今，孙犁小说的历史背景已成时间的云烟，可他的作品并没有因此过时。即使抽掉那些抗战的背景，它依然可以自成体系。人物栩栩如生。不仅因为人物，还因为在那些文字的背后，有一个大的自然的背景，有一片流淌的水域。

那片水域就叫白洋淀。

故事里所有的人物都在那水面上活动。连那轮弯弯下垂的月亮，都好似浮在水一样的天上。有时候，天空与水面分不清界限。那自然里活动着的人，都有一种健硕的美感。欢喜，满足，自得其乐。

在抽完第三支烟后，下地笼的老人夏铁山要返回他的工作现场了。他嘿嘿一笑，说这份活自己会一直做下去，直到做不动为止。

·远古

渔业的出现，远在农耕文明之前。据考古学研究，我国渔文化的起源可以追溯到距今一万五千年至五万年前的旧石器时代。

在博物馆展厅里，有大量的远古时期的渔文化遗物：周口店时期的鱼骨，新石器时代的鱼钩、鱼叉、鱼镖、鱼枪和石制、陶制网坠等。甲骨文的“渔”字就是双手拉网捕鱼、用手持竿钓鱼的形象。殷商时代还有甲骨卜辞“贞其雨，在圃渔”等句。

所有关于鱼与渔的文化遗存中，最知名的属“人面鱼纹”彩陶盆。那是仰韶文化的典型标志，至于究竟作为何用，至今仍是谜。

在白洋淀捕鱼人家，有些事情至今仍是禁忌。比如，忌女人上渔船，忌女人跨越渔具、桅杆、桨等工具；忌打鱼、出汕时倒背手；吃鱼翻身的时候，不能说反过来，而说“打张”；吃剩的东西扔了，不可说“掉”；船靠岸不准说“到了”，避讳的是一个“倒”字；以及避免说任何不吉利的话。诸如此类。

过年了，他们会烧一条鱼或者用面粉做成鱼的形状，供在香案上来供奉神灵，以此祈祷来年风调雨顺、鱼虾肥美。

捕鱼历来是高风险行业。远古时期，以打鱼捕捞为生的渔民们，每次出海前必要祈祷一番，祈求神灵保佑平安归来。祈祷的主要内容便是保佑出海时风平浪静。现实经验告诉他们，有“风”便意味着有“险”——这便是“风险”一词最早的来历吧。

早春三月，我们在圈头村漫步。典型的北方乡村民居，

砖红色与灰色外墙，斑驳的质感。清冷而寂静。如今，大小村庄修补船只的声音早已不复可闻，迎着阳光挂在墙壁上的各色丝网也不见了。路上走着，甚至没有遇见太多行人。他们可能还在各自的屋里躲着，在看电视、打麻将吧。

孙犁先生在《渔民的生活》一文中写道："这里，每一个渔夫都爱唱那个流传了几年的水上游击队的歌，那是自编自唱的歌。每一只船上都存在着战争的伤痕或英雄的标志，代替渔网，这些船只在那几年都载运过战士，安放过枪支。"

被残酷现实过滤掉的生活，仍安静地流淌在文字的世界里。

"每当黄昏，家里的人，站在明净的窗前眺望着从烟雾里摇船回来的打鱼的人；渔人下得船来，就进门上炕。"

这一幅渔民晚归图，荡漾在烟波里的生活，给人一种和谐的美感。如今，它已成了一阕清亮的挽歌。

·夏天

无疑，白洋淀最美的季节是夏天。在夏俊英老人的讲述中，我们似乎看到了那个季节的丰腴与华丽。他语速很快，带着浓重的天津口音，在记忆与往事之间不停穿梭。他讲得最多的是小时候的事。那时候，白洋淀上风光秀丽，鱼虾肥美，应有尽有。

夏天到了，苇子绿了，荷花开了。水波晃荡，有了莲子，有了荷花，什么都有了。荷花是红的，苇叶是绿的，天空是蓝的。当然，天是热的。

“那荷花是野生的，玫瑰红，自己从淤泥里长出来。那是莲蓬头掉在水里，条件不成的时候，十几年也不发芽，正好哪一年水干了，太阳一照，变热了，晒松软了，马上就发芽。”

“水淹着是不会发芽的。”

“野生的荷花真是好看。在绿色的苇叶衬托下，要多好看就有多好看。”耳边，夏俊英老人的语调里带着某种与年龄不相称的兴奋感，几乎是喜形于色了。

渐渐地，我脑海里也浮现出白洋淀上，夏日湖水浩荡，微风吹拂、荷叶翻飞的情景。渔民在淀上撒网捕鱼，亮晶晶的渔网上缀满水珠子，鱼在网里扑腾、蹦跳。游客们驾一叶扁舟，在荷叶荷花丛中玩耍嬉戏，乐不思蜀。好一幅夏日淀上游玩图！

上岸后，还有著名的白洋淀铁锅炖鱼可食。主料有三种，如下：五条白洋淀大鲤鱼、干豆角、粉条；配料却达十六种之多；并配有两种主食：抻花卷和贴饼子。要热锅贴。

最好吃的炖鱼是以干柴、苇叶等燃料炖出。起先大火急煮，慢慢地苇叶燃尽，火灭后，柴的余温还能将锅内的汤汁慢慢收进鱼里，这是天然气所无法达到的。

入嘴后的感觉是：鲜，香，美，醉。从身体到心里都沉醉不已。美味之美，除了因其原料是白洋淀产的鱼，还在其烹饪技巧。背部开刀好入味，须得开锅下鱼，以一斤鱼一斤水一两醋的比例配置。

这白洋淀铁锅炖鱼，我们也吃了。吃了足足两个多小时，其中一个多小时是等待时间——等待是通向所有美味的必经之路。

果然是美味，果然名不虚传。

·古船

地中海畔的威尼斯人家，家家都有出行的船，人人都会玩摆渡的桨。白洋淀人也不例外。他们驾驶大小不同的船只，穿行在湖水与芦苇丛中，那一道道涟漪是他们在水上行走留下的痕迹。一边生成，一边消失。

夏俊英老人骄傲地告诉我们，他所驾驶的这艘小机船，便为自己儿子的作品，他的儿子娴熟地掌握了造船的技术。在白洋淀，很多人都会造船。

中国古代的造船业始于两千年前的汉代，到宋代抵达巅峰状态。当时，不仅官方造船，民间也造。属于白洋淀地区的马家寨，其造船技术已成为当地的非物质文化遗产之一。其申报者就是前文中所提的张国振老人。

据说，这个叫马家寨的村庄靠水不治鱼，造船不驶船。在这个小村里，从七八十岁的老人，到十来岁的娃娃，人人都会造船，无论锛凿斧锯，还是撂线放木，都身怀绝技。

当年，在白洋淀，船只是必备工具，甚至比人身上的鞋还重要。在影视作品里，时常可见白洋淀人以彩船迎接新娘。荷花苇叶之中，分开一条水路，彩船之上红绸缠绕，喜庆的喇叭声声，那大概是最美、最具古中国特色的婚礼了。

北宋著名科学家沈括曾任河北西路察访使，并经雄州出使辽，他在《梦溪笔谈》中记载何承矩在白洋淀泛舟的往事："往岁，六宅使何承矩守瓦桥，始议因陂泽之地，潴水为塞。欲自相视，恐其谋泄，日会僚佐，泛船置酒赏蓼花，作《蓼花吟》数十篇，令座客属和，画以为图，传至京师，人莫喻其意。"

那个年代，白洋淀的工匠就以一锯一锛、一斧一凿，建造了数百艘漕运船只。而在马家寨，人们都说他们祖先的造船手艺，至今已传承了三十余代。

在白洋淀，我们需要建一座古船博物馆。在那个博物馆里，我们要珍藏所有从古至今在白洋淀湖面上出现过的船只；

珍藏那些古船残骸，造船技术，船只构件；珍藏那时节气，渔民生活，他们的悲愁与欢喜——所有的壮观与沧桑都值得悉数珍藏。

在一个汽车逐渐取代船只的年代，人们更应该记住那些曾经出没于水波之上的交通工具。

·诗人

壮士荆轲大概是有史以来，出现在白洋淀上的第一位诗人。他在临别之际写下的“风萧萧兮易水寒，壮士一去兮不复返”诗句，让他名垂史册。

——相比于诗行，他的行为本身更像是一首决绝的诗。壮士断腕，有去无回。古来燕赵大地多慷慨悲歌之士。宋代大文豪苏东坡亦曾赞叹：“幽燕之地，自古多豪杰，名于图史者往往皆是。”

浩浩燕赵之歌的谱写者，有猛张飞，有刺配沧州道、雪夜上梁山的好汉林冲，有血染沙场、舍身报国的狼牙山五壮士……古往今来，燕赵豪侠轻死急人、视死如归。他们是壮士，也是诗人。

1970年前后，有一群年轻人来白洋淀插队。19岁的芒克与18岁的多多“同乘一辆马车来到白洋淀”。芒克在白洋淀写下《天空》《秋天》《十月的献诗》等代表作。多多同时期的诗作则有《致太阳》《手艺》等。

由此，白洋淀成为新诗潮“潜流期”的一个卧虎藏龙之地，诞生了一支诗歌劲旅——“白洋淀诗群”，后来著名的“今天”诗派就由此发端。与新中国成立之前出现的以孙犁为代表的荷花淀派的清新之风不同，白洋淀诗群风格晦涩、复杂，呈现非功利性的青春写作的基调，整体上属于朦胧诗派，对之后的新诗潮产生了重要的影响。同时期，许多北京和外省的年轻人都来到白洋淀，他们中的很多人后来都成为艺术领域的先锋派和引领者。可以说，在一个艺术贫乏的年代，白洋淀包容和养育了一代“离家出走”的艺术浪子。

为了探访当年艺术浪子们的踪迹，我们驱车来到安新县大淀头村。这是一个崭新整洁的村落，昔日低矮破落的渔村样貌不复存在。街上来来往往的人看不出明显职业生涯的痕迹。这就是当年诗人多多、芒克、根子等诗人们插队的地方。寻寻觅觅，终于在一幢灰色民房的外墙上，看见一块钉着的木牌。深蓝色字体，上面写着：

白洋淀诗群三剑客
芒克 多多 根子
旧居（1968—1976）

这是一幢普通的民房。午饭时间，门帘里面的人，正在聚餐，欢声朗朗。

“请问白洋淀诗群的旧居是在这里吗?”

“不是。这是我家。”

“请问你知道芒克、多多和根子他们吗?”

“不认识，不知道。他们是谁?”

男主人一脸茫然地望着我们，不知我们来自哪里，想要探寻什么。

如今，大淀头村的一切都是新的。学校是新造的，房屋院舍焕然一新，居民们不再打鱼。老弱病残留在家里，年轻人则去了大城市。

当年，刚来此地的芒克、多多们也不会打鱼。捕鱼技术含量高，风吹雨淋很是辛苦；编苇席又是妇女们的活儿。他们能做的或许就是梳理梳理芦苇叶子，照看照看菜园子。

当然，最重要的是写诗。

北方的树林
落叶纷纷

看，那是辆马车
看看吧

那是拉满了庄稼和阳光的田野

——这是芒克的诗句。

有一张犁让我疼痛
北方闲置的田野有一张犁让我疼痛

——这是多多的诗句。

白洋淀，华北平原上最耀眼的明珠，这个水汽弥漫、植物茂密的地方，成为酝酿诗歌与诗人的温床。湿地的地理形态与诗歌审美之间的同构关系是不可忽视的。一望无际的芦苇荡暗含着隐秘的欢乐，及天性的释放。那个远离故乡的荒僻之地，那里的莲、萍、苇、菱，都成了催发诗情的酵母。

有人曾经说过，诗人和渔人都是英雄。

渔人们打捞现实湖海里的丰裕与奇迹；而诗人们则遨游在语言的水域里，打捞那个世界里形而上的珍宝，它们是关于美、自由和真理的宝藏。

·飞地

白洋淀之名，缘于船、艇驶过，其后白浪涌动，宛如白羊；又因天晴时，朵朵白云映入水中，满淀白云的影子恰似成群的白羊，故旧称“白羊淀”。后有人认为“白羊淀”为水淀，故将“白羊淀”改称为“白洋淀”。

白洋淀，古有“北地西湖”之称，今有“华北明珠”之誉，诗赞“北国江南”，歌咏“鱼米之乡”；是帝王巡幸之所，“荷花淀派”诞生之地，雁翎神兵扬威之处，“小兵张嘎”造就之域。

对于1970年前后来此插队的年轻诗人而言，白洋淀是一块精神上的飞地。飞地是一种特殊的人文地理现象，指隶属于某一行政区管辖但不与本区毗连的土地。而精神上的飞地，往往会为艺术家缔造出一片既在他的社会生活之中又和他的社会生活不存在任何通约关系的奇异空间。

底层职员卡夫卡有一片在内在的恐惧中无限扩张的精神飞地，保险公司副总裁华莱士·史蒂文斯有一片和资本运作毫无关系的名叫“最高虚构”的精神飞地。

而那些从北京插队落户到白洋淀的诗人，也因此拥有了一片水汽氤氲的精神之地。白洋淀水乡明媚犷悍的景色，呼应了诗人纯真、渴望自由的心灵。于是，北方的河流、树林、阳光和果园陆续进入诗歌领域，并成为那里的“常住民”。

诗人休斯在《黑人谈河流》一诗中写道：“我了解河流／我了解和世界一样古老的河流／比人类血管中血液之流更

古老。”

在干旱的华北平原，拥有三百多平方公里水域的白洋淀几乎是个奇迹。它把人、自然和岁月紧密地联系在一起，接收了那个年代“离家出走”的艺术浪子。

在未来岁月里，将会有更多的人抵达白洋淀，寻找精神上的飞地——一个无限的可以自由生长的空间。

卷二

纵览 | 白洋淀的渔歌

（文|小麦）

从世代生活中总结、沉淀而来的白洋淀渔猎文化，80多种捕捞方法，携带着当地人生活的温度与情感，也浓缩了劳动人民的聪明才干与生存智慧。人类在长期的生活中形成的技艺与生活的方式，就是一地之文化。细细寻访、盘点、整理这些珍贵的文化，乃是一件极有意义的事。

“这里的水却是镜一样平，蓝天一般清，拉长的水草在水底轻轻地浮动”，“夜晚……天空的星星也像浸在水里，而且要滴落下来的样子”。

这是作家孙犁笔下的白洋淀。

这是一方辽阔的水面，就是《水经注》所记的“吴泊”，如今的“华北明珠”。碧波万顷、烟波浩渺的白洋淀，总面积366平方公里，其中85%的水域位于雄安新区安新县内。白洋淀内大小淀泊共143个，其中百亩以上的淀泊99个。

跟南方的湖泊不同，白洋淀是天然兼人工治理而形成的，淀内不仅有闻名遐迩的津保水上航线，还有众多的大河小沟，水路四通八达，纵横交织。淀内有3700余条沟壕，每条沟壕都各有其名，各具用途，或宽或窄，或长或短，巧布其间，井然有序。

白洋淀，是北方历史上著名的渔猎场所，根据出土文物考证，早在新石器时代，白洋淀就有古人类活动。而直至20世纪60年代，这里也一直水草丰美，鱼虾成群。

泛舟白洋淀，就可发现这里可谓淀连着河，河连着淀。这些河、淀、港、汊，为鱼和鸟儿的栖息生存提供了天然乐园，野鸭、雁、鹤等各种鸟儿在此栖息繁衍；白洋淀也为人类的生产生活提供了场所。人与自然于此和谐共处，饶有情趣。

淀内有一个个水中的村落，犹如小岛，早先没有旱路，唯有通过舟楫往来各个村庄。有的相间里许，有的隔水三里五里，十里八里。有数十户的小渔村，也有几千户的大村镇。白洋淀的人们世代临水而居，与水相伴，男渔女织，犹如世外桃源。

白洋淀过去有句俗语："金圈头，银淀头，铁打的采蒲台。"这是什么意思呢？说的就是当地几个村庄，自古以来就靠水吃水，凭着水中捕鱼、上岸编苇的技艺，过着自己的生活。

如今走到淀区去，依然随处可见村民们与编苇、捕鱼相关的生活场景。代代相传的生活技艺，流淌在淀区人民的血液中，已经成为生命记忆的一部分。从日常生活与生存中得来的技能，先天性地携带着智慧的基因。那些技艺，大多就地取材，构思精巧。其技艺之娴熟，创意之独特，工具之睿智，工艺之灵巧，常令人赞叹不已。

·鱼虾家族

晨曦之中，渔人早早就撑着小船滑入淀中。雾未散开，湖面上已有了咿咿呀呀的桨声与水声，远远地一两句闲话，从雾中或芦苇荡那一边传来。

若再往前几十年，还能看到渔船上排列着鱼鹰，先后地扑入水中。待它们钻出水面，嘴中已然衔着鱼儿，半截露出嘴外。渔民抓住鱼鹰脖子，顺手一捋，鱼儿入舱，鱼鹰又钻入水中去了。

据白洋淀的古稀长者们讲述，从前白洋淀水域面积辽阔，上到保定府下到天津卫，一路水运是货物流通的主要运输方式，白洋淀则成了上下水路交通的重中之重。水域大了，鱼类水产品自然也就丰富了，从事捕鱼者更是数不胜数，水区民众几乎家家都有渔具。

白洋淀中到底有多少种鱼?

20世纪20年代前，白洋淀流域内降水量偏多，汛期诸河横溢，给鱼类生长繁殖及索饵洄游创造了良好条件。据《太平寰宇记》、乾隆《新安县志》《任丘县志》等史籍，白洋淀鱼类品种计有：鲤、鲫、鲇、鳅、鲂（鳊）、鲈、鳟、鲄（红鳍鲌)、鲌（短尾鲌)、鳗鲡（白鳝)、乌鳢（黑鱼)、银鲑、鳑鲏、鳝、鲔、鲦、鲿（黄颡)、雪鲶等，另有虾、鳖、蟹、蛤蜊等水产品。

据《圈头乡志》记载，1949年调查时，鲤科鱼类就有30多种。

白洋淀中常见的鲤科鱼类有:

1．鲤

通常称为“鲤鱼”。当地人也把较大的称为“大鱼”，把1斤以下的称作“拐子”。鲤鱼是中下层鱼，春秋季喜欢生活在淀边水草多的浅水的底层，晚秋和冬季，则多到淀中深水苲草丛中越冬，适应能力很强。这是一种在白洋淀产量较大的鱼类，在淀区捕获最大的有70多斤，常见的是1—9斤。

2．鲫

通常叫作“鲫鱼”或“鲫瓜”。也是中下层鱼，喜欢栖居在聚草、菹草等水草多的浅水地带，冬天则游到芦苇丛中，或是皮条草丛中，在较深的水底过冬。适应能力比鲤鱼还强。一般体重是二三两至一斤，两斤以上的鲫鱼比较稀见。鲫鱼的生长速度比鲤鱼慢，但数量极多，是白洋淀产量最大的鱼。

3．草鱼

当地人也叫“厚鱼”。原栖居于江河内，淀区的草鱼可能是从拒马河游入的。淀区因缺乏促使草鱼性腺成熟的环境和条件，故每年要从长江、拒马河运入鱼苗。草鱼主要食物是水草，如马斑草、菹草、苇叶等。其生长速度很快，淀区内可见20多斤的草鱼。

4．麦穗儿

多生活在岸边及水草多的浅水带。水温暖时，常群集于水面，冬日则潜于水底。主要食物是枝角类、水生昆虫、藻类。麦穗儿鱼最大的长度在10厘米左右，一般为4—6厘米，淀区极常见。

5．黑臀刺鳑鲏

当地人叫“屎包”。形状像鲫鱼，腹部呈粉黄色。此鱼喜欢成群，多栖息在淀区及沟壕水草多的浅水处，在淀区常见，但产量不大。

6．鲴鱼

当地人叫“红鳃”。侧扁，末端略弯。生性活泼，喜欢成群游泳，多栖息于水草多的浅水带。

7．鳊

当地人称“鲂鱼”。头尖，尾巴小，鳞细。为中下层鱼，春夏季喜欢栖息在沉水植物多的宽敞清水里。最大个体重2斤左右，脂肪含量很高，肉质美好。淀区有句谚语：“春鲂夏刀迎霜厚，开河的屎包赛猪肉。”鲂鱼在春季味道最美。此鱼产量较高。

8. 鲌

当地人叫“鲢子”，或“噘嘴鲢子”。喜欢栖息在水草多的宽敞水面，常成小群，游于水面，活动迅速。产量不太大。

9. 红鲌

地方名叫“刀鱼”。喜欢栖息在较深的清水里，也喜欢在河口附近的流水里，常迅速游动于水面。

10. 鲦

地方名叫“黄瓜鱼”。多栖息于水草多的水面，白天游于水面觅食，虽常见，但产量不大。

11. 鲢

也叫“白鲢”。淀区内的鲢是1956年开始从长江移来养殖的，现已遍布淀区。为上层鱼类，性情活泼，善于跳跃。

12. 鳙

又名“花鲢”“花头”，其行动较迟缓。食物主要是浮游动物。

常见的鳅科有：

1. 花鳅

地方名叫“山石猴”。喜欢生活在浅水带的多水草底处，河口附近流水处也颇多。

2．泥鳅

也叫“肉泥鳅”。喜欢栖居在泥底，对环境的适应能力强，当水浅时潜伏在泥中也能生存，能用口吸入空气，在直肠内进行呼吸。

常见的鲇科有鲇鱼。底层鱼，喜欢潜伏水底，活动力不强，多在夜间游至浅水处觅食。主要食物是鱼类。常见鲇鱼多2—5斤，圈头桥西村渔民陈金肖，曾捕获过重达40斤的鲇鱼。

常见鮨科有黄颡鱼，地方名叫“甲甲”。体黄色。喜欢栖息于4—5尺深的沟壕，及宽敞水面的水草多的水底。主要吃小鱼小虾，也吃少量水草。产量不大，经济价值相当高，是鱼苗的敌害。

常见鳢科有乌鳢，地方名叫“黑鱼”。喜欢生活在水草多的地方，春季多在浅水带活动，夏季常至水面，冬季则潜至水草丛生的深水越冬，生活适应能力很强。其生长速度很快，淀区最大的个体约重10斤。小乌鳢，地方名也叫“黑浆子”。

此外还有鳜鱼、黄黝鱼（地方名叫“黑山根儿”）、珠虾虎鱼（地方名叫“爬山猴”“爬地”）、刺鳅（也叫“刺泥鳅”）等。

河蟹。品种色泽纯正，肉质鲜美，肥美度高，是上等美味。

虾类有青虾、匙指米虾（俗称“草虾”）、长臂虾（俗称“白虾”）、中华小长臂虾（俗称“花腰虾”）、日本沼虾（当地渔民多用虾篓捕获）。

·消失的鱼们

水里的鱼越来越少了。

这是渔民夏俊英告诉我们的。他撑着船，把游客带到湖面上，游览白洋淀风光。到了旺季，常常忙得顾不上吃饭。他已经好多年不打鱼了。这个走南闯北的汉子说打鱼太苦。渔船悠荡在湖面，我们希望能遇到一两条船，看看他们的收获，但迎面而来的一艘渔船上两个人忙碌了半天，终究还是一无所获。

“现在水里的鱼少多了！”夏俊英说，白洋淀人吃鱼有许多讲究，“春鲂夏刀迎霜厚”，就是说吃鱼讲究季节，春天的鲂鱼、夏天的刀鱼、下霜前的厚鱼最好吃。只是现在好多鱼都吃不上了。半个世纪以来的河海治理、兴修水库，致使白洋淀在20世纪80年代初开始断流乃至干淀，直到1988年下半年重新蓄水，当地水域环境才得以改善。但与过去对比，无论是水质、鱼类还是捕鱼工具，都无法恢复还原当年盛况了。

1958年，据郑葆珊等记述，有鱼类54种，隶属11目17科50属。经济鱼类以鲤科为主，尚有溯河性的鲻科、鳗鲡科等鱼类。

进入20世纪60年代，淀区水位、水情及周围环境急剧变化。到60年代中后期，气候转入干旱周期，降雨量减少，加之上游多处修建水库及下游建拦河闸，使河道断流。如此一来，洄游鱼类再也无法溯游而上，致使鱼的种类、数量都大量减少。70年代之后，又有大量污水直接入淀，致使生态环境遭到严重破坏。

1975—1976年，河北大学调查发现，有鱼类35种，隶属5目11科33属，缺少鲻科、鳗鲡科等溯河性鱼类，种群组成仍以鲤科占优势。

1980年，河北水产学校调查，白洋淀鱼类有40种。

1991年，河北大学调查，白洋淀干淀后重新蓄水，仅有鱼类24种。

2001—2002年调查，虽有鱼类33种，隶属7目12科30属，但其中含人工养殖的10种。如鳜鱼、短盖巨脂鲤，均为引进

人工养殖种类；另外如乌鳢、鲤、鲢、鳙等种类，都是围网隔淀养鱼（注：以上数据源自《白洋淀鱼类组成现状》，《动物学杂志》2003年38期，河北大学生命科学学院，作者曹玉萍、王伟、张永兵）。

2007年7月，河北省水产研究所等组成项目组，对白洋淀鱼类组成进行了全面系统的调查。结果显示共27种，以鲤形目鱼类为主，占66%，且小型鱼类占的比例较大（《白洋淀鱼类组成现状分析》，《河北渔业》2007年第11期，作者赵春龙、肖国华、罗念涛、远全义、邓鹏春）。

历次调查显示，减少的鱼类品种，除了溯河性鱼类鳗鲡目的鳗鲡、鲻形目鲻科的梭鱼、鲈形目的鲈鱼、鲀形目鲀科的暗纹东方鲀等，一些大型的经济鱼类也相继消失，如鳡鱼、鳜鱼、青鱼、红鳍鲌、赤眼鳟（马棍）等，自20世纪80年代干淀之后再未发现。

据《河北渔业》2014年第5期刊登的《几种在白洋淀野生状态下绝迹的经济鱼类及原因》一文（作者夏雪岭、翟雷田），消失的鱼类主要是以下几种：

鳗鲡——当地俗称“白鳝”。体细长如蛇，体上部黑绿，腹部灰白。是一种降海洄游鱼类。随枣林庄和海河上水闸建造而逐渐绝迹。

梭鱼——属于鲻形目的鲻科。体纺锤形，细长，头短而宽，有大鳞。也是洄游鱼类，消失原因同上。

鳡鱼——当地俗称“猴鱼”。属于鲤形目，鲤科，鳡鱼属。食肉鱼类，其体细长，头尖长。此鱼分布甚广，中国自北至南的平原地区各水系皆产此鱼。但因其大量吞食其他经济鱼类，曾被视为“害鱼”之首，绝迹于20世纪50年代末。

鳜鱼——当地俗称“季花儿”。体高，侧扁，背部隆起。栖息于静水或缓流中，有在湖底下陷处躺卧的习性，夜间觅食。其性凶猛，也吃其他鱼类和小虾，肉质好，少细刺。20世纪80年代初连续3年干淀，之后在野生水域内再没有发现自然种群。

三角鲂——体高，侧扁，呈菱形，头小。生长较快，最大可长到5千克左右。肉味鲜美，富含脂肪，为上等食用鱼。也绝迹于20世纪80年代初的干淀时期。

翘嘴红鲌——当地俗称“刀鱼”。体型较大，行动迅猛，善于跳跃，性情暴躁，容易受惊。生长迅速，是以活鱼为主食的凶猛肉食性鱼类，有很高的经济价值，深受当地人喜爱。同样绝迹于80年代初的连续干淀时期。

赤眼鳟——当地俗称“马棍”。属鲤科。体呈长筒形，腹圆，后部较侧扁；体色银白，背部略呈深灰，体侧各鳞片基部有一黑斑，形成纵列条纹；鳞大，侧线平直后延至尾柄中央。也是优质的经济鱼类，全国各水系均产，具有生长快、适应性强、食性杂等优点。同样绝迹于连续干淀时期。

·渔歌袅袅

在白洋淀，有句俗语大家都知道：“勤罾，懒网，自在箔”。

扳罾捕鱼，是把网具铺设在水中，鱼游到网具上方，及时提升网具，再用抄子捞取。捕捞对象有鲤、鲫、草鱼、鲢鱼和多种小型鱼虾。但扳罾是个辛苦活，需要经常守护，不断扳罾出水才能捕到鱼。如果偷懒而不及时起罾，鱼又游到别处去了。

扎苇箔，在淀区里也叫“迷魂阵”，是个技术含量很高、最有特色的活儿。把苇箔插到水里，摆成迷宫模样，开口很大，逐渐缩小，最后进入一个兜子。鱼儿进入迷宫后，想出来就难喽。

那么下丝网捕鱼为啥叫“懒网”？

渔网长期泡在水里，腥味太重也容易腐烂，每次捕鱼后需要晾晒、修补。“三天打鱼，两天晒网”，晒网的时候渔民

还可以休息，或干别的活计，不耽误事儿。而且下丝网能根据水的深浅和渔网大小长短捕获各种鱼，是渔民最喜欢的捕鱼方式。现在用的丝网，已是尼龙制品，更加方便使用。

在白洋淀，七八月份是最美的时候，浓绿而辽阔的芦苇丛中夹杂着红色的荷花，一大早蒸腾的水汽让湖面犹如仙境，撩开轻纱，打鱼的人正破晓归舟。大清早的，活蹦乱跳的鱼被从鱼舱里搬出来，码头上就早有等候多时的人围上来。

这是白洋淀清晨常见的一幕生活场景。

然而如今这样专职捕鱼的人越来越少，一方面是鱼没有从前那么多了，另一方面，渔民可以选择的生活方式更多了。有的人进城去打工，收入也不少，风吹不着，雨打不着，比捕鱼的日子更舒坦。

我们乘着一条渔船进到白洋淀，打算去亲眼见识一下渔民的收获。然而坐在船上转了一圈，渔船稀稀落落，更多的船是像我们一样载着游客来观景。

曾经的渔民慢慢转型当了另外一些渔民口中的“老板”。在旅游旺季，白天划船的收入要远高于捕鱼的收入，还不用起早贪黑；淡季，也干脆干点儿别的营生，做个小生意什么的。

夕阳西下。我们站在水边聊天，看着一位渔民远远地从水边回来。他现在只放地笼。他的地笼放了一个冬天了，不知道有几条鱼。温暖的春天还没有到来。

不过，从世代生活中总结、沉淀而来的白洋淀渔猎文化，80多种捕捞方法，携带着当地人生活的温度与情感，也浓缩了劳动人民的聪明才干与生存智慧。人类在长期的生活中形成的技艺与生活的方式，就是一地之文化。细细寻访、盘点、整理这些珍贵的文化，乃是一件极有意义的事。怪不得当地有很多富有卓见的文化人士，都在做着这样一件事——在抢救性地寻访、记录、整理白洋淀的文化。比如河北大学的贾慧献老师和他的学生们，就不避寒暑地奔波在寻访白洋淀文化的道路上。

愿未来的白洋淀，蓝天碧水，鱼畅人欢，依然是雄安最美的名片；愿未来的白洋淀，渔歌唱晚，舟楫往来，依然能保留最美最真的生活图景。

卷三

技艺 | 渔猎谱

（文|周围）

淀区捕鱼，都是渔民按自己的居住位置，随季节、气候、水温、水位、水域、地形的不同，以及鱼类觅食、产卵、习性与洄游规律，还有水生植物的生长情况，天长日久自然形成的捕鱼习惯。这就是白洋淀的生活。这也是白洋淀的文化。

·一网乡愁的鱼

当我们在清晨雾气袅袅的湖面上，听见渔民们“当当当”的声音，就好像是一个清晨的梦境。在水中听见声音的鱼儿，大概也是刚从梦中惊醒吧。

粘网

渔网都有一个个洞。

洞有大的，有小的。大鱼钻进大洞，小鱼钻进小洞。

鱼们并不知道，那些网只容许它钻进，而后却就挂在身上了，进退不能。

在白洋淀，“粘网”或叫“丝网”是最常见的渔具。用特别细的丝线，织成一张网，网上面有浮漂（也叫浮子），下面有底脚（也叫沉子），撒到淀水里，如一字长龙，一浮一沉，网就张开了，像一个巨大的怀抱，或者像一面透风的墙。

这种网使用很广。网眼大小，是根据鱼的大小来的。鱼游过来碰到粘网，或钻入网眼中就被网裹住，鱼越动，网裹得越紧，只有束手待缚。

网的长度，有26米的，有80米的，甚至有长达133米的。

网眼2.3—2.6厘米，是捕屎包鱼、黄瓜鱼这些小鱼的网。网眼2.7厘米，是捕红鳃鱼的网。网眼4.6厘米，捕刀鱼。网眼6.2厘米的小飘网，和网眼6—10厘米的大飘网，可以捕小白鲢、马杠、鲂鱼、刀鱼。

早先结织丝网的原料，是蚕丝。网漂（浮子）是用高粱挺秆制成。网脚（沉子）是用泥土经火烧制而成。20世纪50年代后，蚕丝逐渐由合成纤维丝线代替，网漂是塑料泡沫，网脚是金属制成。

丝网的生产地，是安新县的大淀头、东淀头、西淀头、马家寨村。大淀头村的丝网和捕鱼都很有名，曾经是织丝网、卖丝网、输出丝网捕鱼技术的核心地方。

淀区捕鱼，都是渔民按自己的居住位置，随季节、气候、水温、水位、水域、地形的不同，以及鱼类觅食、产卵、习性与洄游规律，还有水生植物的生长情况，天长日久自然形成的捕鱼习惯。

春季，淀区水位较低，鱼群活动范围小，又值产卵期，可使用各种渔具或渔法捕捞，作业地点不受限制，是全年产鱼的高潮期。

夏季，日暖鱼滑，捕捞渔具多用粘网、鱼卡、大罩、鱼钩、罱子、鱼鹰等，在浅水区可用打埝、卷苲淘干、花罩等渔法。

秋季，淀水上涨，鱼群多集中在被淀水淹没的园田上觅食，或溜入较大的沟河里，在入淀河道处多有随上游来水入淀的鱼群聚集，捕捞作业多使用拉网、粘网、清网、罾、箔旋等，如在沟边淀边，则可使用小密封、小虾篓、地笼等渔具。

冬季，淀水结冰，作业渔船用冰床代替，捕捞作业多以粘网、鱼鹰、抢回、出汕等渔具渔法，作业地点多在沟、河、淀内，鱼虾产量在全年占有相当比重。

不管在哪个季节，粘网都算是最常用的渔具。

丝网捕鱼，主要是利用鱼类游荡或惊慌时逃窜，一头撞网，挣脱不得。下网时，两个人坐一条渔船，一人摇船，一人蹲坐船头一侧下网。每条网之间，用网拐（浮标）连接。网形可布成蛇形、迷魂阵形。

网下好后，沿网的一侧，摇船人晃船前行，下网人用木、铁棍，在船头敲击铜铁部件或脸盆，发出铿锵的声音，惊动鱼儿逃窜撞网。

惊鱼

我们坐在船上，船在淀上行走，远远有一艘船。“当当当，当当当，当当，当”，这清脆的金属敲击的声音从清寂的水面上不断传来。

这是白洋淀最有特色的一种捕鱼方式，“响板惊鱼”。

这还有个传说。

白洋淀北部有个洛家淀，人们都说这淀里有宝贝。说是水里面有9个玲珑精妙的小金猪，是真是假谁也不知道。

有位老渔民听说，要得到这九个小金猪，非得找一个用过60年的喂猪筛子（形状像簸箕），并且办好了猪食，用棍子一敲，小金猪闻声便会蹿上船觅食。

为了得到这9个小金猪，老渔民挨村串户去踅摸，买那60年开外的猪筛子。他逢人就问，碰到人就打听，功夫不负有心人，这样的猪筛子还真给他找着了。

这天，老渔民将拌好食的猪筛子放在船头，就下了洛家淀。这洛家淀面积很大，每天都有好多渔民到这里撒网。渔民们撒好网，渔船便都靠拢在一起。老渔民撒下网，任渔船漂流到淀心，便使劲敲起了猪筛子。在平静的淀水上，敲击猪筛子的声音特别清脆悦耳。老渔民正敲得起劲，突然从淀水里钻出一只金黄色的小猪，蹿上船头便去吃食。老渔民敲得更起劲了。一会儿又一只……不久，9只小金猪便都蹿上船头，围着筛子争相吃食。

这一天收网时，渔民们发现每个网收获都特别大，满载而归。

从此“响板惊鱼”就诞生了。渔民们在船头敲击铁板，发出的“当当”之声传入水中，鱼受惊乱撞，落入网中。

围网

白洋淀渔民使用的围网，种类、名称很多。使用围网的渔户，多出在淀区南部、西部沿淀村庄。这些地方堤内的农田洼地，地势平坦，遇到大水年份，多存水成泽，水深在一米左右，最适于围网作业。如今，使用围网作业的渔民已逐年减少，仅淀区南部还有少数使用。

围网，一般由渔民自己制作，原料主要是棉线绳、苎麻绳。网漂用杉木制作，网脚用泥土烧制。

围网作业，是把长带形渔网，布成圆形或近似圆形，留有通道口；利用网漂和网脚的浮沉作用，使渔网自水底到水面，垂直展开后呈兜状；借助驱赶鱼群或拖拉围网行进，使鱼由通道口进入网底，封死通道口，即可用鱼叉、捞回等其他渔具配合将鱼捕获。

围网名目也多，有转网、黑鱼网、大网、小麻网、大麻网、二性子麻网、划虾网、拉虾网、大眼网、竹麻线网、清网、毛蟹网等10余种（见《白洋淀渔业与传统渔具渔法述评》，《保定学院学报》2010年1月，作者彭艳芬）。

转网，就是其中的一种。

赶转网，一般在春季开河以后。水深一米左右的水域，十余人，各驾一条渔船，带一盏花罩。共携网40余条，每条网间用棉线绳或麻绳连接。开始作业后，由一只船载网，用竹竿把网的一头固定在水中，然后沿半圆形轨迹，在水中布网。其余船只在网的前方，呈半圆形散开。

捕鱼开始时，各船头齐敲铁板，助以呐喊，把鱼赶入半圆形网内。这时，布网船继续沿圆形轨迹前进，使网逐渐收为大半圆、圈形。网圈形成后，用网数量控制在20条左右，然后将其余20条网拆下，移接在网圈头上，载网船继续沿圆形布网，新布的网与原布的网，间距恰好为一盏花罩的直径。

此时，一人置身水中，手持花罩，底口倾斜，向前沿网推进。

待推完一圈后，再把外围的网收缩到网圈内，反复推进收缩，直到把网圈内的鱼捕完。

最擅长转网的，要数端村渔民。

河北大学副教授贾慧献整理过转网渔民张拉文的口述。“这个花罩推着走，鱼一进花罩，它就往上一拱，你就把鱼给抓了。”口述人说，圆圈越赶越小，把鱼抓完。一群人一天能赶个好几网，一个地儿弄完了，挪个地儿，一天能逮一百多斤到两三百斤鱼，都是大鱼，主要逮鲤鱼，也有黑鱼。

黑鱼网，结构、形状与转网相同。5月到8月，黑鱼、鲤鱼常出没于浅水区域晒太阳，即可捕获。

大网，由两个半截网组合而成，每半截网3米至4.2米。网眼为1.5厘米至2.5厘米。主要用于捕捉鱼类、虾、贝类。

春、秋、冬季白天作业，选择水底平坦、水草多的淀泊沟壕。春秋两季，在淀中作业，俗称“拉大网”——两条渔船各带半截渔网，10余人，把网缝合成一条，在网的两端拉曳渔网，形成一个类似于“布口袋”的拖曳阵形。两船上有牵引曳绳的辘轳，随着网绳越收越紧，渔网也越来越小。收网时先收网脚绳，网在水中形成一个锅底形。然后用“捞回”除去网中的水草获鱼。

冬季大网作业，俗称“打冬网”——二三十人也可，六七十人也可。冬季白洋淀结冰，在冰面上凿开一条长形的洞口——“下网洞”。在下网洞的前方，左右呈弧形凿出数个跑马杆眼，及长形出网口。曳绳被送至出口，数人合力拖曳绳网收网，网收缩成锅底状，方法跟春秋拉大网相同。大网在沟壕中及鱼塘中作业，都是人力在岸上拉网，使用方法也与春秋季相同。

小麻网、大麻网，主要用来抓“猴鱼”，其次是刀鱼。“猴鱼”就是鳡鱼，属于鲤形目，鲤科，鳡鱼属。食肉鱼类，其体细长，头尖长。捕猴鱼，常选择在6月至8月夜间，地点可选淀泊、大河内。用四条或两条渔船，网的长度根据地形、水面大小、渔船数量而定。用两条渔船作业时，船在同一点左右分开布网，通道口较小。如用四条渔船布网，则通道口大一些。将网布成双螺旋形。两船从通道口进入，一边前行，一边敲响船板，鱼儿受惊后往网内逃跑，继而往两个网圈内逃跑。网圈收缩后，鱼束手就擒。

旋网

一拧腰身，用力把手中的网向半空抛出，渔网像一瞬盛放的花朵，笼于水面继而下沉。这样的撒网捕鱼，往往赢得观赏者一片叫好之声，同时也会引得照相机咔嚓声一片。

这叫作撒网、旋网，也叫手抛网。

此网是一种基本用于浅水地区的小型圆锥形网具。用手撒出，网口向下，利用坠子将网体快速带入水中。收网时，用与网缘相连的绳索缓慢收回，使鱼进入网兜，拉出水面。因撒网时富有观赏性，受到游客欢迎，在许多地方已成为一种捕鱼的表演项目。

在白洋淀，这种捕鱼方式并不太多见。鱼多的时候可用旋网，现在鱼少了，用旋网的也就不多了。

用旋网捕鱼，一次能逮多少鱼不知道，有谚语说：“河里

的鱼待不得客。”也就是说，在渔民心里，捕鱼基本算是一种带有运气成分的劳作。

·带钢叉的小嘎子

目标出现了：一片黑绿色的水中，有一条稍稍隆起的黑岗，岗下又微露暗白色，这是一条约有二三斤重的鲤鱼，正潜藏在水中晒着脊背。

头戴草帽，身体黝黑的渔家汉子和头顶荷叶，赤膊，穿短裤衩的少年手握钢叉，逡巡淀边、苇塘壕沟旁，瞄准水里游弋的大鱼下叉，那可是白洋淀上特有的渔猎的场面。电影《小兵张嘎》里，就有小嘎子叉鱼的经典一幕。

鱼叉，多为五股叉，也有七股叉，须叉的尖处有铁须，叉中鱼后，可以防止脱叉。鱼叉多是钢条制成，渔民从店铺里买回后，安装长短不一的竹子，作为叉柄。

渔猎的主要对象，是鲤鱼和黑鱼和鼋鱼。

叉晒

叉晒的最好季节在夏季。夏日炎炎，淀水表面温度升高，水中常滋生一些极小的昆虫。这些昆虫爬到一些鱼的脊背上、鱼鳃内生存，使鱼感到瘙痒。这时，鱼漂浮到水面，借阳光温水驱虫解痒。

另外，大鱼不晒不开食（不吃食），黑鱼不晒不交尾（交配）。这样，便给叉晒的渔家提供了机会。

鲤鱼和黑鱼，一则鱼较大，好下叉，容易猎取；二则这两种鱼的习性决定了它们有比较规律的晒脊地点——黑鱼多在苇塘边、水稍浅的地方，鲤鱼多在淀心水深处。

叉晒的关键环节是下叉。叉晒的人找到目标后，叉不能直对鱼身，而是对准鱼头。因为水一有响动，鱼习惯向前逃去，待叉到时，正好叉到鱼身。

另外，下叉的地点需选在鱼身下三寸的水面。一是，河水中阳光折射造成人眼看到的鱼有误差；二是，鱼很敏觉，发现情况必定前游下沉。

临近中午，渔民划船出去了。一只轻巧灵便的“鸭排子”，悄无声息地离岸。

也有渔民在岸边灵巧行走，轻快隐秘，不发出任何声响。

船行极慢，好似一条慢悠悠游动的大鱼。一人撑船，另一人则手握钢叉立在舱中，警惕地观察小船四周的情况，宛如山野猎人在丛林中窥探附近有无兽迹。

岸上之人也是如此，蹑手蹑手，手握鱼叉，在水面寻找目标。

目标出现了：一片黑绿色的水中，有一条稍稍隆起的黑岗，岗下又微露暗白色，这是一条约有两三斤重的鲤鱼，正潜藏在水中晒着脊背。

躬身、挺直、前倾、出叉。一连串动作，一气呵成，瞬间完成。水上翻起浪花，钢叉随鱼下沉向前移动一段，终于停住，猎物终于被挑出水面。

叉窝子

至于叉窝子，须先了解黑鱼护窝的习性。

叉黑鱼窝，使用五股鱼叉。时间多在6月底。那是黑鱼产卵的季节。亲鱼（母鱼）产卵后，一般是寸步不离地守护在巢附近，防止别的鱼来吞食鱼卵，或来捣乱残害鱼卵。亲鱼每天还要数一次窝，做小小的移动，使卵能够浮于水面。

黑鱼坐窝（产卵），都在苇子地边、园田边、沟壕边，或是有苲草、马绊草的浅水岸边。叉窝子的渔人远远看见沟壕边、水草附近有一片淡黄漂浮的东西，那就是黑鱼卵，附近一定有较大的黑鱼护窝。

黑鱼也称乌鳢，生性凶猛，繁殖力强。浑身布满细密坚硬的鳞片，鳞片包裹在结实的皮肤上，身上有蟒蛇一样的花纹，能很好地隐蔽，也令其他水族望而生畏。因黑鱼是食肉鱼，刚会游动就吃小虾，长到几两重就吃小鱼，体重到一斤左右，就敢吃“黄瓜鱼”（白洋淀人对白条的叫法）了。长到成鱼之后，就在水中横行无忌，逢谁吃谁了。所以，对于渔民来说，叉黑鱼也是为了维护水族世界的“和平”。

富有经验的渔民，对于寻找黑鱼窝有自己独到的心得。有的渔民撑着小船，在十米开外就能发现黑鱼窝，主要还是因为黑鱼窝那儿比别处的水面干净，水草也新鲜。要是有芦苇、水草挡着鱼窝，渔民凭着气味也能敏锐地发现情况，因为黑鱼卵会散发出浓重的鱼腥味儿，渔民闻到腥味儿就能断定附近有黑鱼窝。

如果找到了黑鱼窝，那就静静等候守护的黑鱼出现。如果很久不见护窝的黑鱼，就用鱼叉将黑鱼卵轻轻搅乱，在附近水面摆上水草或苇把儿作隐蔽。黑鱼回窝后，会用鳍和尾将鱼卵重新拢到一起。叉窝子的渔民只要看准草标动向，就可以判断黑鱼位置而准确下叉。

黑鱼十分护子，亲鱼产卵后与公鱼轮流守护，即使黑夜沉入水底，也不离开。到了8月份，小黑鱼孵化出来，雌雄黑鱼一起护着，率领小黑鱼群在淀中游来游去，不时用鳍和尾归拢幼鱼，使小黑鱼不离群，还帮助小黑鱼觅食。直到小黑鱼长到5厘米长以上，才以吞食一两条幼鱼的办法驱散小黑鱼，让它们独立生存。这些时候，如果能看准机会，也可以叉到大黑鱼。

9月份，大雨过后，黑鱼候在流水处，在下游捕食小鱼，此时也可伺机叉它。

在渔民眼中，黑鱼的鱼卵（俗称“籽儿”），也是淀中的一道美味。由于它的卵块极似一条小裤子，故而俗称“黑鱼裤子”。用黑鱼裤子做馅儿包饺子，或用食盐腌制到冒出红油儿来的时候，做下酒菜，堪称人间美味。白洋淀有句俗话：“吃了黑鱼肠，忘了生身娘；吃了黑鱼裤，忘了生身父。”

叉旮旯

到了冬天，冰封大淀，河上盖了盖儿了，有多高的水上捕鱼技术，也无用武之地了，这个时候白洋淀人怎么捕鱼呢？

除了集体行动“打冬网”，还可以“叉旮旯”。这技术既可单人操作，也可八九人联合作业。叉鱼的工具，五股或七股鱼叉都可。

冬季，鱼在冰下常沿河沟的边缘游动，众人沿河沟一字排开，每人在冰面上凿一个洞口，将“旮旯”（一种渔具）放在洞穴上，人蹲立在旮旯口，用布或衣服把旮旯口盖住。眼观水下，如有鱼游过来，即投叉捕之。每过10多分钟，如没有鱼游过来，就更换地方。

叉鼋鱼

鼋鱼，就是鳖，俗称王八。叉鼋鱼一般在秋末冬初至次年的春季解冻初期。选沟壕、园田、黑泥土地的淀边作业，这些地方底质比较硬，无泥臭气味，苲草粗短，在下陷地方常有鼋鱼潜伏着，在冬眠。这些地方，一旦发现一只，往往会发现数只，更奇的是，年年同期同地点都可发现。

作业时，一人手持鱼叉，站立船头，一人摇船行进，发现可疑地点，即用叉轻轻叉入泥土，这叫“摸鼋鱼”。用鱼叉“摸”——“摸”到鼋鱼盖时，就会发出“吭吭”的声音。当听到声响后，用力不宜过大，否则就会刺入鼋鱼甲盖，一是刺伤鼋鱼，二是鼋鱼被刺痛会逃掉。有经验的渔民，发现泥土中有鼋鱼后，就顺盖往下滑叉，用“叉扎”，也就是叉的须子挂住鼋鱼的裙边，一提就上来了。这样捕到的鼋鱼，一般存活率百分之百。经验丰富的渔民，叉从前爪前端的裙边穿起，这样鼋鱼所受伤害最微。

在沟壕倾斜的地方，鼋鱼头部位置都是向上，所以很容易碰到鼋鱼的头部。头尾部位的辨别是头部较硬，尾部叉易下滑。

叉鼋鱼一般用五股鱼叉，比较方便；三股鱼叉没有“叉扎”，七股叉太笨重。白洋淀漾堤口80多岁的渔民冯镇国说：“叉鼋鱼，整个安新县就漾堤口数第一，别的村不会。”冯镇国是个叉鼋鱼的好手，出门带一个五叉，能叉好些鼋鱼回来。

·钓一片白洋淀的雪

“二月冰消水漫流，横塘滑笏腻于油。三冬渔具浑无用，且向溪边理钓钩。”一般的钓钩渔法，都是安静的多，有的却甚是喧闹，“渔者以船数十只左右列，左垂钓饵，右击金铁驱吓之，名曰打响仗”（见乾隆二十八年刻本《任丘县志》）。

下卡

白洋淀的渔民使用的钓钩，主要有鱼卡、鱼钩。

钓钩一般由使用者根据自己的特长自行制作，材料主要是竹竿、苇秆、竹尖、棉线绳、合成纤维线、缝衣针、钢丝等，制作工序并不简单。有些小小的工艺上的变化，都是根据各人的经验揣摩出来，各不相同。

这些钓钩，根据使用情况与捕捞对象不同，作业方法也不一样。主要有：小钩、二泡钩、大钩（粘钩）、杆子钩、圈钩、顿钩、黄瓜鱼卡、小卡、二泡卡、大卡、草鱼卡、螃蟹卡，达12种之多。

其中最具白洋淀特色，也最值得大书一笔的钓钩渔法，当是“下卡”。

“卡”，顾名思义，就是用某个物体卡住鱼，使鱼突然行动受限，无法脱身。

这个工具说来其实非常简单，就是一根小小的竹签。

这是渔民根据生活实际，想出的一种最天然环保、绿色生态的钓具——把一支竹篾削成两头尖尖的竹签，长短根据鱼嘴的大小而定；这个竹签富有弹力，当弯成U形时，用一个环状草箍把两头套在一起，这就是一个最简单的机关了——只要把草箍撤下，U形竹签会立即回弹、伸直。正是利用竹签的这种弹力，白洋淀渔民设计出了“卡”。

他们把草箍套在鱼卡上，草箍上插上鱼最爱的食物：草鱼爱吃嫩苇叶、马斑草，那就把嫩苇叶和马斑草放在鱼卡上；黄瓜鱼爱吃绿豆白面，那就把绿豆白面加水揉成面团还要蒸熟，再放上鱼卡；也可以用小鱼小虾——卡食根据鱼类的活动习性、季节变化，经常变换，开河至清明节这段时间，可以用小虾、小鱼做卡食；清明节之后，芒种之前，可以用面食；芒种之后到立秋之前，可以用麦粒；立秋之后，冻河之前，重新用面食。如果蝗虫做诱饵的话，则可以多卡鲂鱼、红鳃鱼。

那是一道“用心叵测”的美食，但看起来如此诱人，小鱼小虾还鲜活得很，还会游动。有一根线牵拉着草箍，如果不仔细看，就发现不了。性子鲁莽一点的鱼，一口咬上那嫩草或小鱼虾，顺便咬断了草箍，或扯出了草箍。一瞬间，卡头就弹直了，后悔已经来不及，这是贪食的代价——鱼的嘴巴被卡子撑得不能再大，有的甚至刺穿了鱼嘴，它已无法动弹，只能乖乖等待着被渔民活捉。

白洋淀的鱼卡主要有六种，包括黄瓜鱼卡、二泡卡、小卡、大卡、草鱼卡、蟹卡。其中，小卡使用期长，捕捉鱼类范围较广，可以捕到鲂鱼、鲫鱼、马杠、鲶子、红鳃等。小卡一般于冰河解冻后就可下卡，一直到农历十月份以后，冻河前，都可使用。

下卡人

下卡可以说是白洋淀非常普遍的一种捕鱼法。

小卡多在傍晚下卡，边下卡，边撒一些稻稗之类引鱼的食。傍晚时，拴好卡的渔民乘船来到淀里，一个人蹲坐在船头一侧，另一个人棹船沿着直线下卡。第二天早晨，仍由一人棹船，另一人在船头倒卡，随时发现卡上有鱼，随时用回子捞取、择卡。在气温适当的情况下，卡上多半有鱼。

白洋淀历史文化研究院的邓志庚先生，接受过河北大学贾慧献等人的访谈，聊下卡捕鱼的那些事儿。他自己，也曾在一篇文章中写过下卡的人，“有专业的，有副业的。还有的把它当作小菜园儿，下上一泡儿卡，只为了逮菜吃”。

有些白洋淀长大的“70后”，还见过专业下卡的“卡船”。邓志庚的文章里也详细记述了卡船的情形——“船上有木楼子，木楼子里面是船舱，里边放着被子、褥子、枕头，是个小居室。木楼子顶上是个平台，可以坐着说话儿、干活儿。船后梢上有小‘锅腔儿’，后舱里准备了米、面，油、盐、酱、醋等，一应俱全，可以做饭，一家人就生活在船上。”

对于专业下卡的人来说，渔船就是移动在水上的家，盖着满天星斗入睡，枕着两耳水声醒来。

“船上备有各种卡：有早晨下，下午倒的卡，这种作业方法叫‘白日捞’，适合白天下的有厚鱼卡、黄瓜鱼卡等。还有今天傍晚下，明天早晨倒的卡，适合这种下法的卡有鲤鱼、鲫瓜、鲂鱼卡。‘卡船’顾名思义，一天到晚不是下卡，就是倒卡，要不怎么说是专业的呢？卡船白天在淀中捕鱼，傍晚到鱼市卖鱼，卖完鱼挨着晚市做饭、吃饭，为的是买东西方便。吃了饭就把船划向淀中，找安静、避风的地方休息去了……”

把下卡当成副业的，看起来就轻松多了，只是顺带着手地拴上几泡卡。“下了工，就划船把卡下上，第二天起早把卡倒上来。捕的鱼用不着到市上去卖，半路儿上就被鱼贩儿接走了，直接把钱带回了家。别小看了这几泡卡，要是河田好，比上班挣的钱还多呢。”

说起来，在白洋淀，下卡这种捕鱼法，已经有好多年没有人使用了。有人回忆起从前下卡的时候，那种悠然的日子。大概远去了的日子里，有种令人羡慕的宁静和与世无争。

制卡人

不过，制卡的人，还能找到一位。

真是难得。

制作卡头，用地道的方言来说，叫“刮擦卡头”。说这话的是邸老亮老人，一位至今仍坚持做着自己喜欢的事的老人——如果不是因为喜欢，很难说他自13岁跟着爷爷学会了刮擦卡头这门养家糊口的手艺之后，能一直坚持到今天。

老人制作卡头，用的原料是毛竹的枝丫。选料有讲究，只取每个枝丫最根上的一节。根子基本没有空心，又比较有弹性。先把疙瘩节铡去，再下锅里用水煮开几次，竹棒会更有韧性。

然后老人在食指上套上一个橡胶套儿，开始拿刀劈竹棒。手指上套个橡胶套儿，是避免下刀时划伤手指。那一把刀，在他手上如此顺溜，如此听话，好像只要轻轻一用劲，刀子就像切橡皮一样顺利地劈开了竹棒。一根细细的竹棒，顺过来几刀，倒过去几刀，最后一小根比火柴棒稍粗的竹签儿就仿佛有了灵性。两头尖尖的粗“牙签”，已成为一柄捕鱼的利器。

刮擦卡头，已成为邸老亮老人相伴相依一生的技能。或者说，已然成为一种生活方式。

冬闲时，老人手头也不闲着，一天刮擦三五百个卡头，积存起来，到时候也能卖出去。

每个卡头卖两三毛钱的话，每天也能卖一百多元。算起来，这也能满足一个水乡人家的基本生活所需了。那些小小的卡头，整整齐齐地扎成一把，由他的老伴收起来。每每此时，老人便有一脸的满足。

用鱼卡捕鱼，是白洋淀人自己的发明，不过如今下卡的人少了，鱼也少了，对卡头的需求就更少了。倒是东北、内蒙古会有一些客户，通过网络买老人制作的卡头。

卡头要削得好，下卡捕鱼，也是一件技术活儿。

邸老人亲手示范拴卡——先在卡头上拴一条“口线”，再把几百个卡头连缀在一条长线上，做成“一泡儿卡”。“一泡儿卡”可以在水中绵延出两三里地，顺利的时候，能捕捉十几斤甚至几十斤鱼。

拴好的卡，下水之前，都得用槲树皮水煮一下，这叫“槲卡”。用槲树皮煮的水，是棕色的，槲树皮还有胶性，槲好的卡线结实、爽利，好嵌，好下，同时白色的卡线被槲树皮染成了棕色，好像着了一身“迷彩服”，有了伪装的作用，不容易被鱼识破，从而诱鱼上卡吃食。

制作草箍，是在每年的谷雨前后，采集草箍的原料——芦芽、皮条、稗草、马绊草等，晒蔫后，剪成草箍。

逮什么鱼的卡头，套什么草箍，嵌什么鱼饵，都有讲究，专业性很强。白面鱼饵逮鲫鱼、黄瓜鱼，小鱼小虾昆虫逮鲶鱼、刀鱼，用苇叶儿做鱼饵就逮大草鱼。说起来很有意思，有时面食也能逮到大鲶鱼——小黄瓜鱼被卡住跑不了，大鲶鱼再吃了小黄瓜鱼，就也被卡住了！

小卡长4厘米，捕鲂鱼、鲫鱼、马杠、鲶子、红鳃等。大卡长7厘米，捕鲤鱼、稍大的鲂鱼和红鳃等。草鱼卡长10厘米，就是捕大鱼了。

倒卡时，一拎一条鱼，一拎一条鱼，应该是很有乐趣的吧。不过，倒卡时可得小心，不能动静太大，也不能把鱼拉出水面，以防鱼儿用力挣扎逃脱，功亏一篑。应该用备好的网兜去捞。遇到被卡的鱼躲在苲草丛中，就要更细致了，可用带长竿的小镰刀轻轻把草割除，再用回子捞取。下卡的渔船，一般都开着“活舱”，就是存鱼的舱里有个洞，和淀水相通，水总是新鲜的，把捕上来的鱼放进活舱里，多长时间鱼都是活的。

在白洋淀，当我们跟渔民聊起下卡捕鱼时，好几位都能津津有味，娓娓道来。

制钩人

白洋淀的早春，草木还没有完全从冬天的沉睡中醒来，淀边的村庄显得异常宁静平和，村民们也享受着一年当中并不太多的清闲时光，但在河庄子，也早早有人坐在水边钓鱼了。

以鱼钩钓鱼，经验非常重要。最关键的是，要有高超的钩挂食饵的技巧。因此，相对于网、笼来说，用钓钩捕鱼的渔民就较少。其中下钩技术最高超的是河庄子人。这里的人擅钓，有世代下钩的王家。其中，王转社传承了家族的制钩手艺。

王转社至今还在制钩。一把鱼钩，要经七道工序。

第一步，把钢丝或缝衣针裁开，裹上棉花，点着了烧，烧出来不硬也不软，便于制作。

第二步，把烧好的针用“钩必儿”(一个工具) 窝成钩子形状。

第三步，用钳子把多余的针剪去，剪成个“膀豁”(方言)，留下长短合适的钩子。

第四步，用钢锉在钩柄刺槽。

第五步，用香油炒。香油不能烧糊了，炒到钩子黑了，带上油。烧足了火候，把它一擦，放凉水里浸，捞出来不生锈还硬。以后每年得炒两次，这样鱼钩不生锈。

第六步，鱼钩晒干了，绑上口线。

第七步，把口线拴在长线上。

七步成钩。之后还得煮，也是跟鱼卡一样用槲树皮煮。关键是长线煮过之后，时间长了还能保持结实。

鱼钩的种类，也根据捕捉对象不同而各有不同。有粘钩、大钩、小钩、杆子钩、圈钩、顿钩等。

钩上的鱼饵

不同的季节，钓不同的鱼。夏天钓鲫瓜，春天和秋天钓鲶鱼，三月十五以后钓黑鱼。钓不同的鱼，放不同的饵，也还要看水温、地形。下钩人了解什么地形钓什么鱼，具体哪种鱼会在哪儿待着，下钩之前还要摸摸水温。

这些全靠长期积累的经验。

“千山鸟飞绝，万径人踪灭。孤舟蓑笠翁，独钓寒江雪。”(柳宗元《江雪》)

“曲岸深潭一山叟，驻眼看钩不移手。世人欲得知姓名，良久问他不开口。”(高适《渔父歌》)

“西塞山前白鹭飞，桃花流水鳜鱼肥。青箬笠，绿蓑衣，斜风细雨不须归。”(张志和《渔歌子》)

“一篙一橹一孤舟，一个渔翁一钓钩。一拍一呼又一笑，一人独占一江秋。”(纪晓岚《钓鱼绝句》)

诗词中的垂钓者，都遗世独立，深怀古意。但现实中的生活，却并没有那么诗情画意。

在白洋淀，下小钩作业，都是两个人，划着一条四舱渔船出工。到了湖面上，先把从“密封”(一种渔具) 里捕来的小屎包、麦穗鱼扎挂在小钩上。同时，一人摇船前行，另一个蹲坐船头，缓缓下钩。一盘线，七八两，能下一百米。大约每一米结一个小钩。一个钩带一个漂，漂通常用的就是蒲棒。下好了钩，小鱼带着隐蔽的钩子在水里游，大鱼看见了，一口就把小鱼连同小钩一起吞入肚子，那钩尖就扎住了鱼的下颚。

一般是傍晚四五点钟去下钩。第二天起得老早，天还黑着就去取鱼。去晚了，怕鱼跑了。鲶鱼长着个大嘴，能把肚子给吐出来。黑鱼吐不出来，但也容易把钩给甩下去。还得赶早卖鱼，不起早怎么来得及?

把长线取起来，看见小钩上，挂着一条鱼；再收，又是一条鱼。没什么比这个更开心的了。

取鱼时，要用钩匙插入被擒的鱼的口中，方便将鱼钩卸下。

钩上的鱼饵很重要。逮不同的鱼，放不同的饵。逮黑鱼就放大点的鱼，比如鲫鱼、黄瓜鱼；逮鲫鱼，就放白条，也就是当地人叫的黄瓜鱼；逮鲶鱼，就放“气头儿”，这长得跟黄瓜鱼一样，现在已经没有“气头儿”了。

最大的技巧，在于钩小鱼的哪个部位，它才不死。如何扎挂小鱼，得有丰富经验的人才行。死了的鱼饵，大鱼精明得很，就不吃了。

各种各样的钩

还有几种钩，也很有趣。

不用食饵的钩——大钩，也叫粘钩、钢丝刺，钩长而锐利。此钩长12厘米，干线用的是竹麻，一斤竹麻扎1200钩，支线长20厘米。钩尖，一年磨两次头，每捕鱼一次，就浸香油一次，防止生锈。

七八月天气暖和，淀水涨高，正是放大钩的季节。在大淀、河沟、杂草稀少的地方，有流水处下钩比较合适。大钩不放食饵，就是依靠锐利的钩尖来钩鱼。

鱼喜欢在流水中逆流游动。当鱼触及大钩，就被钩挂住，此时鱼必左右挣扎，左右的大钩也随鱼动荡，也就一起挂着鱼身了。过一两天后，即可按绳收钩倒鱼。若钩上无鱼，仍旧按原地放入水中，不必收钩。大钩捕捞对象，以鲤、鲶、黄颡鱼、鳜、鳖为主。

苇子钓鱼——也就是用“秆子钩”钓鱼。为什么叫秆子钩？是因为把六七尺高的芦苇剥了皮，鱼线绑在苇子的半截腰上，再把苇子插在泥中就行。这是浅水区的钓法。如果水稍深的地方，苇子够不着底，就直接把苇子往水里扔，叫“下漂”。

鱼线一端绑在苇子上，另一端是个鱼钩，钩上钩着小鱼，苇子插在水里，钩子上的小鱼就来回摆动。大鱼吃小鱼，一口咬下，也就被钩住了。

小钩的作业区域不大受限制。隔一段距离下一根，下几百钩，能下十来里地。钩逮着鱼的时候，远处就看这个苇子是晃的，或者，苇子的位置发生了移动。鱼被钩住了，哪能安静待着，就来回地挣扎，就把苲草缠起来了，鱼就拖着苇子晃荡。

圈钩——守株待兔式——是用竹条扎一个大圆圈，上面结满大粘钩。在乌鳢产卵的地方，设一个圈钩，钩离水面约22厘米，大乌鳢来守窝时，一钻这个圈子，就扎上钩子了。

顿钩——大海捞针式——在一条长绳上，把顿钩成串地拴扎，再把拴扎钩的长绳一头拴在一根铁棒（顿钎）上，铁棒的两端各拴一根13米长的麻绳，麻绳的另一端拴结在竹竿上。使用时，两条渔船并行，到水深两三米、苲草少的地方，把顿钩撒入水中。坐在两条船上的人，分别握住竹竿，用不同步的动作，不停地往前顿动竹竿。在这个过程中，用钩子挂住水中的鱼。

·诸葛亮的迷魂阵

白洋淀渔民捕鱼，布下陷阱，请君入瓮，真是一件既富有乐趣又考验技术的事。不仅有迷魂阵，还有各种各样的装置与窍门，仿佛是一场人与鱼的脑力大比拼。

迷魂阵的玄妙

要论白洋淀里捕鱼最令人拍案叫绝的技术，应该就是“迷魂阵”了。

在白洋淀坐船游玩，时常会在浅水地带或是沟壕港汊的入口处，看到很多苇箔围成的小圈子，弯弯曲曲，外行人看半天也看不出个所以然。

其实这就是捕鱼的“迷魂阵”，也叫“箔旋”。

箔（方言读 báo），是用脱去皮叶的苇秆，以细麻绳穿连而成的苇帘子。根据需要，箔的高度由箔经线决定，一般有五经、六经、七经，每片苇箔长一丈五尺左右，宽度有两米、三米不等。

白洋淀里不缺芦苇，芦苇打成箔子，用途非常广泛。苇箔插到水里，摆成迷宫模样，开口很大，逐渐缩小，最后进入一个兜子。里面不用放置食物，鱼儿进入迷宫后，一直游进兜子里，想再出来，也找不到出路了。

对鱼来说，这就是一个迷宫。

箔旋一年四季除了冰冻期外均可使用，在深水和浅水区都可作业。捕捞对象广泛，淀区内大小鱼类均能用箔旋捕之，且节省人力。

风向、流向，决定着鱼的方向。箔旋作业，要先选址，首先看好水流方向和风向，渔民戏称其为“看风水”。怎么布阵，做一个什么样的箔旋，至关重要。

工欲善其事，必先利其器。先扎“行箔”。一块长方形的木板，钉上一根丈许长的木柄，整体形状像个直把木铲，这是扎箔的专用工具，叫作“箔铲”。先用箔铲在河底铲出一条沟来，然后把箔单片展开，将一端扎在沟里。行箔要扎成一条直线，箔与箔之间用竹竿结牢。这样一片箔连着一片箔，在水中立起一道整齐的篱笆。

行箔一般一头在岸地，另一头向水中射线延伸。近则一二百米，远则四五百米。到够用的长度后，扎一道圆形大箔圈把箔头围起来，只在箔头和箔圈的衔接处留两个缝隙，这是进鱼的门口。鱼群有碰到障碍物沿边缘寻找通道的习性，长长的行箔就引导着鱼向入口游来，经过一段弯曲的回行道，鱼群不知不觉进入预设好的“圈套”。

大箔圈中再扎小箔圈，小箔圈留个门口，以便进了大箔圈中的鱼再游进小箔圈里。这样大箔圈套小箔圈，一般有三到四层，在最内层的箔圈上开个口坐上大密封。“箔旋”扎好后，在大箔圈的外侧平支起一圈渔网，高出水面二尺许，渔民称其为“跳网”。

一旦鱼进入到箔旋这个迷魂阵中，虽然那口子还敞开着，但是要想找到出去的路，那可就不容易了。连野鸭追逐着鱼群，在迷魂阵里游逛，也会不知不觉挤入箔旋再也飞不出去，人们在捞鱼时居然可以活捉到野鸭。因为野鸭起飞，需要助飞距离，箔旋空间太小，野鸭虽有翅膀却也无可奈何。

箔旋摆起来，花样也很多——三旋外挂、方五旋、半门子旋、稻草帽、枣胡同挂麦穗、半个爪挂鹰嘴、双四旋外挂、对口旋、大四旋外挂等。但是，精通此道之人越来越稀见了。

说起来，那些箔旋的摆阵诀窍，都是师傅带徒弟一样口传心授，没有人向外张扬那些玄妙的技法。也可以这样说，这箔旋，真正体现了白洋淀人民的智慧，可谓玄之又玄，妙而又妙了。

花篮的诱惑

想逮什么鱼，就用什么篮。在白洋淀，篮的种类很多，五花八门，丰富多彩——鼋鱼篮、螃蟹篮、鲢鱼篮、黑鱼篮、小篓、戳篓、别篓、独立篓、吊篮、漫篮、葫芦头篮、套篮……

所谓的“篮”，形状就像一个大花瓶，只不过这个花瓶是用苇眉子编成的，玲珑剔透，均匀的六角孔洞布满全身。

花篮上的开口，也是用苇眉子或竹篾编成的。这是给鱼设置的一个只进得、出不得的关隘、一扇门，叫作“须”，这是篮能够捉住鱼的关键结构。

我们就在一位渔民家中，见识了虾篓的“须”——那是一只形状类似于小酒盏的东西，“酒盏”的底部是长出的篾片或苇眉子交错在一起。鱼儿虾儿，从大口往里钻，很顺利就通过了；但若是从小口往外钻，几乎不可能——长长的篾片子或苇眉子会“刺”得它畏难而退。用工程设计的“科学”说法，“须”就是一个“防倒流装置”。就像现在车站的入口，只能朝一个方向转动。

跟箔旋一样，这些篓、篮、地笼、密封等，都是布给鱼们虾们的陷阱。使用者多在安新县的大田庄、圈头、王家寨等村。制作这些渔具的材料，一是土生土长的芦苇，二是南方的竹篾。20世纪70年代，化纤丝线制作的花篮，由山东微山湖等地传入淀区。淀区普遍使用的下虾篓、小密封也由玻璃瓶代替。

说说小密封。这是一种口小、底大的锥形器物，底由芦苇编织而成，四围用长一尺多、两毫米粗的竹丝编制。小密封一年四季均可使用。在其底部左右各拴小砖瓦块，以使小密封能平稳沉在水中，再从上口往里填饵食，然后抓取水中的苲草将上口封堵。小密封可捕屎包、麦穗、大青虾、草虾等。

大密封形状与小密封相同，主要配合箔旋使用。在箔旋迷宫的底口，安放大密封，用水草将入口的上下撑起，以便进鱼。在密封的背后水底插一竹竿，用麻绳将竹竿与密封拴扎，使其在水中或急流中不至左右摇摆。安好后，再将密封上口用苇子或草盖上，一防逃鱼，二防水鸟偷吃。大密封的高度，根据水位变化而定，一般为210厘米、182厘米、155厘米、125厘米等。大密封的主要捕捞对象是鲤鱼、鲂鱼、屎包、鲫瓜、花鲫、鼋鱼等。

“小篓”相比之下就精巧多了。小篓也用苇篾编制而成，但体量小，高16厘米，篓口直径4厘米，须口直径5厘米，就是拿来捕虾的。小篓既可单个下篓，也可用长线绳子，每隔一米拴一只小篓，把小篓一串一串地下到水中。小篓的须口，可拴一瓦片，以便小篓在水中沉稳。篓内放入一些饵食，按惯例，用高粱面掺豆腐渣，或将鲫瓜、黑鱼肉切成小块，以及各种动物的骨头，用香油炒一下，更会吸引大青虾。

此外，戳篓、别篓、独立篓、罐头瓶、吊篮、漫篮、葫芦头篮，结构与原理也都差不多，只是大小有别，捕获对象有别。螃蟹篮稍有不同，此篓子形似啤酒瓶，共分为三节，每节都有“须”。使用时，三节一个套一个，按大小顺序套好，在接触处用苇篾串扎。每年的9月份，选择在大河、沟壕下螃蟹篓，就可以“守株待蟹”。

跟大密封、小密封比起来，各样的花篮和花篓形状各异，造型别致，透着一份精巧。鱼儿虾儿都好奇心特别重，有的陷阱入口明明已经很窄，小鱼儿游进去还算说得过去，那些几斤重的大鱼也非挤进去不可。还有鼋鱼（王八），笨重的身材硬是要挤进去凑个热闹，真是令人好笑。

“须”是一扇窄门，像一张单程车票。一个人捕鱼技术是否高明，最重要的一点是看他“须”做得好不好。虾篓、蟹篓、戳篓、别篓、独立篓、虾盘、吊篮、漫篮、葫芦头篮，地笼，能捕到多少鱼，都跟这道须门紧密相关。我们还在白洋淀边见到渔民晾晒的地笼。那是一种用钢筋与网结成的长条方形网笼，形似大型蜈蚣。地笼长度在25米左右，中间的网身，连着两头各一只2.5米的网兜。网兜是用网片包好缝接的网圈。鱼、虾、蟹从网箱的须门进入地笼箱体，再从箱体进入两端的网兜。

这样的地笼，常布设于河、淀的水底，也是渔民常用的渔具。地笼可以长置水中，渔人每天早晨去倒出网兜中的鱼、虾，取大放小。一份资料中说，“如网兜中鱼虾过多，可每3到4个小时取鱼、虾一次，以防网兜中鱼虾因密度过大窒息而死”。看来，争先恐后进入地笼的鱼虾们的数量，超出我们的想象。

在安新县机关单位上班的夏先生，出身水区，极熟悉水乡风俗，讲起捕鱼的门道来如数家珍。他说，渔民熟悉每种鱼的生活习性，捕鱼的方式因“鱼”制宜，“花篮”和“篓子”就专门针对鲂鱼、青虾这类笨拙的“傻鱼”“傻虾”而设，而

“迷魂阵”则用来捕猎那些极为聪明的鲤鱼、鳜鱼、黄瓜鱼等。然而，不管鱼虾们如何聪明，最终不也落入了渔人的手掌吗?

淘埝子淌下来都是鱼

打埝子淘鱼，多用于淀区周边地区，也是白洋淀捕鱼的方法之一，在发大水和干河底的年头儿最常用。要论淘埝子技术，听说是采蒲台最厉害。

在靠近岸边的水边，用泥土围出一圈土埝子，水太深的地方，用苇箔来代替。四面围好了，再把口子封上，鱼就被围在埝子里头了。鱼无活动的流水，就会感到发闷。放那么几天，鱼就全在边上打转转，憋得慌。成群结队的鱼越聚越多，沿埝子边儿都是鱼。当鱼转了几圈，还找不到出路，就开始烦躁不安，探头换气。

这时，就可以开鱼道淘鱼了。

在埝子下游，或靠岸边，开一道深沟，作为向外排水之用。在沟的上口放一块木板儿，周围用胶泥抹光滑，叫“上瓦门儿”。下口挖一个坑，坑口也坐一块板儿，叫“下瓦门儿”。下瓦门儿比上瓦儿门要低。埝子里的水，流进沟里，再流到下面的坑，形成水流。鱼发现水流，就会从此沟往下

走，正好掉进下瓦门儿置的网筛里。

那会儿，淘埝子，都是大鱼，好几斤。鱼多的时候，深沟里鱼比水还多，白花花的满是鱼。白洋淀渔民淘埝子，那也不是小玩意儿，围的埝子几亩水面、几十亩水面都有。沟坑里两张筛子倒换着接鱼，一会儿就一筛子满了。把一个埝子淘完，能出几千斤鱼。

·孤独的捕手与声势浩大的围猎

这是一种古老而独特的渔法。无论是夹罱子还是扣花罩，名字听来很诗意，实际使用中，不仅要求渔民有犀利的目光发现鱼情，还要反应迅速敏捷，动作稳准，一出手即将鱼夹在罱包或扣入罩内，并有足够力量提举出水。

罱子夹鱼

罱（lǎn），由两根竹竿按 X 造型构成，X 的下半部分缝上一个网兜，构成一个带网的“大夹子”。

当水底的鱼受到惊吓后，迅速活动逃遁，此时借用渔具把鱼罩住、掩闭，提到水面上捕获，或直接用手、鱼叉在水中的渔具内捕鱼。

淀区渔民广泛采用的一种捕携工具是罱子，俗称“夹罱子”，一年四季均可使用。作业地点一般不受地形水域限制。用小罱子作业，作业者要有丰富的捕鱼经验，熟练掌握鱼类摄食、活动规律以及使用渔具的高超技法。小罱子单独作业，用一条四舱或六舱渔船，一人摇船一人持罱子。作业时，持罱人两臂张开罱杆，用力将罱子摁入水底，持罱者两臂合拢，罱梢随之合掩，鱼便被夹在罱包中。然后上提罱杆，待罱包出水后，转身将鱼抖入船舱。

还有一种与“遁迹儿”配合的捕鱼法——作业时，一人摇船前行，一人在船头用工具搅水，以便观看鱼类逃遁时留下的迹象。待逃鱼留下的迹象明显后，持罱人便凭借丰富的经验，对准鱼遁藏位置，快速下罱，将鱼掩入罱包。

鱼类逃遁时留下的迹象特征：

鲤鱼：唰啦一阵，有小水泡花翻起。

鲫瓜：行动较迟缓，出现的小水泡大小不齐。

鲂鱼：唰的一声，音响清晰，并带有一溜小水泡。

厚鱼：哧溜蹿，游路呈直线，常现出一条水痕。

——以上这些特征与诀窍，都写在1959年出版的《白洋淀的渔具》那本书里，也在当地许多志书里可以找到其沿袭，令人不得不佩服先前渔民们擅于总结经验。

罾子在较深水域或较浅水域均能作业，不仅适应淀区复杂的地形，而且既能单独作业，又能多人联合作业。

罾也有好几种。

窝罾，春季开河后、冬季冻河前，选水流小的苇地、苲草多的浅水域作业。草多的地方，罾口不宜张得过大，以防夹苲草太多，给鱼逃跑的机会。

二大罾，开河之后，在大河、大淀、水不太深的地方均可使用。二大罾的使用技术不需太高，只需达到“下罾快，合罾快，提罾快”三快。鱼快，罾更快，岂能捕不到鱼。

白洋淀渔民使用的掩捕渔具除了罾子，还有花罩和大罩。

花罩捕鱼

一人一船一罩。

是江湖上的独行侠，也是白洋淀上孤独的捕手。

在白洋淀众多的捕鱼方式中，大多数都须群体作业，声势浩大，收获良多。像扣花罩这样单枪匹马完成的捕获，对个人能力提出了更高的要求。

花罩捕鱼，要求捕鱼人第一要身强力壮，第二要眼神锐利，第三要触感灵敏，第四要技术高超，第五要眼疾手快，最后还要坚忍耐劳，遇到鱼群，可以连续作战。

那人踞于船头，一边用长杆子击打着水，一边用双脚左右晃船，一旦发现鱼儿惊遁，水面翻浑，立即停船，拿罩，伏身，扣罩。

这些动作一气呵成，如同武侠中人出招——他伏身船头，使上浑身的力气，把花罩扣到水中。花罩入水要轻，还要快、稳、准、狠。左臂按罩，右臂入水摸鱼，不大长的时间，一条活蹦乱跳的鱼便被擒出水面，扔进舱里。

花罩的制作者，多出在安新县的漾堤口村。花罩的原料，主要是竹篾。花罩的高手级使用者，则多出自同县的圈头村。

花罩自春季开河后到深秋均可使用。作业地点一般在白洋淀淀面上、芦苇荡旁、沟壕边上。多在水深30厘米至75厘米的浅水区域，捕的鱼是鲤鱼、鲫瓜、黑鱼、鲇鱼、黄瓜鱼等。

还有一种罩鱼渔具，是大罩。

大罩构造与花罩相同，只是比花罩高些、大些，大罩下口直径九尺，罩高一丈二尺。

贾慧献对扣大罩的渔民做过口述史寻访，圈头村一位79岁的老渔民陈长远说，那时候扣大罩的人，技术好，一丈多远的水里，鱼一撞网，就可以用回子捞取。“我十二三岁的时候，去文安，我的父亲，我堂哥，这一天是三百多斤鱼，拿炊勺舀。”

在扣大罩捕鱼前，怎么判断鱼的大小，也需要窍门——看水泡。“大鱼的鱼脑袋会压住水泡，水泡往两边分；也不一定大水泡就是大鱼，小水泡就是小鱼，有的大鱼就冒几个小气泡，漫开的大，越大的鱼冒的气泡越是散开。”这些诀窍，我们听起来津津有味，但真要就此去捕鱼，怕是完全无用，真知都出自实践，白洋淀上那些捕鱼高手的绝技，绝非简单口头传授就可以偷师的，非得有若干年的“浪里白条”的实践不可。

扣大罩可以一个人，也可以两人配合。一个人可以徒手从大罩中捉鱼，还可以用鱼叉。大罩的顶端有几根连到罩底的绳子，是渔人感受被扣在罩里鱼儿位置的传感器。他顺势拿起鱼叉，罩里的鱼都在乱跑，而他一击即中，这又是一种叉鱼神功。

如果两个人配合，就更绝了。罩鱼的罩住大鱼以后，撑船的就来压住大罩，及时用网封住罩口，防止鱼窜逃。另一人进入大罩，潜入水底。“这时要是意识不清楚，进去找不到出口，容易憋死，所以还得清楚从哪里进去的，并且在水中还要睁着眼睛看鱼、赶鱼。”

大水里如果逮到一斤多的鱼，攥住鱼头后面的部位，一只手就能攥住它了。鱼在水里力气大，要是个头够大，五六斤重或是更大的鱼，两个手都搂不住，就用嘴咬住它的嘴，

然后用一只手搂着它，摁住鱼的尾巴，它就动不了了。

早年白洋淀里鱼多的时候，扣罩捕鱼方式非常流行，现在也要消失了。如今淀里的水底凹凸不平，不适合该技艺，捕鱼效率也不高。有人在白洋淀里考察了一年，也没有见过一个大罩的实物。这已经是消失的民艺。

拉大绠

拉大绠是白洋淀独特的捕鱼方法，也叫“拉大网”。

鱼藏在水下。鱼不动，渔人有什么办法?

打草惊蛇，打水惊鱼。不管使用什么办法，把鱼惊起来，惊惶失措，四处逃窜，晕头转向，不辨东西，都算是达到目的。为何? 因为只要鱼动起来，它就暴露了。

白洋淀的许多渔具，都是基于这个出发点而设计的，那就是先让鱼暴露。

大绠就是其中之一。

大绠，简单一点说，就是一根大绳子，里面包裹着沉甸甸的石头、砖块，甚至是铁块。把这样的大绳抛在水里，两条船各拉此绳的一端，缓缓往前拉，这番动静，什么鱼能沉得住气，岿然不动?

绝妙的是，大绠不只是一根大绳子。这根大绳上面，每隔一尺左右间距，就拴插一根信号杆——绠杆，多由杨枝、柳枝、小竹竿制成，绠杆的尖部拴插颜色不同的布条或鸡翎，叫作“绠苗”。大绠一入水，两船往前拉，所有的鱼都惊慌失措，便要寻路逃窜。逃窜时，必撞动绠杆，绠杆带动不同颜色的“绠苗”晃动，有经验的渔民一眼就可以看出鱼在哪里，鱼大小如何。

经验都是在不断的实践中总结出来的——

苗杆抖动一根，鱼必在抖动的苗杆下；

苗杆抖动二根，鱼定在两苗杆之间；

苗杆三根齐抖，鱼在中间一根处；

苗杆全部抖动，选抖得最厉害一根处。

当然，苗杆抖动只显示出鱼的大概位置。要想万无一失，还得仔细观察鱼从水中吹起的泡沫，以及水的纹路，通过种种信息综合判断，确定鱼的位置。

更绝妙的是，大绠后面，跟着很多手持花罩的渔民。

花罩就是鱼儿的天罗地网。持罩者望见大绠过后，鱼儿带动水花暴露的藏身所在，当机立断，持罩扣下。鱼撞到花罩壁上，即已无路可逃。

拉大绠是淀区渔民传统的捕捞方法之一。然而其使用范围很小。当地渔民中，对这两种方法驾轻就熟者今日也已为数不多。

声势浩大的围猎

与“迷魂阵”“花篮”这类捕鱼的方法不同，还有一种需要渔民集体配合进行围猎捕捞的方式，叫作“出汕”。

出汕依季节不同，分为春汕、秋汕、冬汕。方法都相同。

每年深秋季节，芦苇都成熟了，随之而来的是大规模收割芦苇。与此同时，出汕。把汕地边缘的苇割去，使其成为有规则的圆形、方形、长方形、椭圆形等，一般称为“套大圈”或“圆汕”。接着就是落箔，也叫“合龙门”，无论苇地大小，要在一天内完成落箔。即用苇箔围住三面，几条船从一端齐进割苇，边行进边在船后继续下苇箔，惊吓、驱赶鱼儿游向另一端，直到后下的苇箔与前方的苇箔合龙。

然后“打闲间”。在箔圈内，用大镰割苇，鱼就纷纷向苇地中间逃遁。在闲间里，用罱子捕鱼。捕完一块，苇汕再移往另一块。如法炮制。直至将汕地的苇打得剩下4米宽、8米长的一小块为止，渔民称之为“窝子”。这窝子里，会有大量的鱼集中，不能用渔具直接捞鱼，以防鱼受惊将窝子撞开。在窝子的一角，用一块箔围起，渔民称之为“旋”，把窝子的箔放开一个小口，鱼便涌入旋内。这时用捞回捞鱼，俗称“打旋”。待窝子中的鱼捕捞过半，在窝子中间横下一块箔，将窝子一分为二，称“冷热间”。先将冷间的苇子割掉，用罾子把鱼捕净，然后再将热间的苇打完，也把鱼捕净。最后，把苇箔拆除，秋汕告捷。

和秋汕比起来，冬汕出鱼更多。秋季用箔围起，汕地结冰后，即可出冬汕。先用锉刀把冰面上的苇子锉掉，而后打闲间。在汕地靠边一处，众人一字排开，手持凌枪，由掌班人叫号子，统一动作，用力打冰，从汕箔的一边打向另一边。然后把大块冰板横向开成若干较小的冰块，用一根长竹竿，横向置于冰块下，两端拴上绳索，用人力拉动竹竿，使苇根杂草与冰断开。将较小冰板条靠两侧的任意一块，再横裁成小冰条，把小冰条掩入旁边的冰板下，露出明水。

这时，众人一字排开，站在冰板上，用大镰割除水底的苇根、杂草，鱼受惊而逃向未破冰区域。明水下的苇根杂草打完后，再将邻近的冰板推过来，成为明水，众人再打苇根杂草，这样一直将每一块冰板下面的苇根杂草打完。

而后，用苇箔沿冰边闸死，使鱼不能逃回原处。再用同样的办法打闲间，直至打剩成窝子为止。

“出汕”的热烈气氛，令渔民亢奋不已，尤其最后捞鱼的时刻到来，鱼儿在水下和水面蹿蹦跳跃，声势很是浩大壮观。

不过，随着时代的变迁，出汕这种古老而复杂的捕鱼方式，也逐渐销声匿迹了。

·捕小鱼小虾的网

抄捞工具“回子”，是一种用网兜来捕捞鱼虾的工具。回子用得多，也常见，适用于不同的捕捞对象，在使用方法、用途及其式样上，都各不相同。它构造简单、操作方便、容易掌握，也是淀边渔民春、冬两季作业的主要工具之一。

制作抄捞渔具的原料，主要是棉线绳、竹竿、木棍、柳条、铁条、麻绳等。作业原理是，以人力快速将网兜推向目标，然后回拉掩闭兜口，或上提回兜出水面，使入兜的鱼虾不能逃遁而被擒。

端了一窝黑浆子

端黑浆子时，也是六七月间。此时黑鱼卵已孵化长成小黑鱼，三四厘米至七八厘米长。小黑鱼常在大黑鱼的保护下集结成群，当地百姓称之为黑浆子。黑浆子常在大淀、河沟、菜园地边、苲草地区寻找小虾或苲草尖为食。每天清晨或傍晚，正是黑浆子外出觅食的时间。一人摇个小船，看见黑浆子时，在离船头两三米远的地方，就可以下回。回子从船头垂直入水，然后以船头为支点用力下压回把子，回网就从黑浆子下部向上翘起，黑浆子全数落入回网之中。

端黄鳝回，与端黑浆子回，其实是一个式样。

端黄鳝时，也是六七月间，把苲草、皮条草集结成堆，置放在园子边、苇地边上。草堆久了，就开始慢慢腐臭，这恰好是黄鳝最喜欢居住的地方。它们会偷藏腐草之中。捕捞时，撑船至草边，用回子从草下往上连草端起，黄鳝有时还躲在草中，此时用竹竿轻轻敲打苲草，黄鳝便从草中落到回网中。草堆可以多放，一般可设三四百堆草。据《白洋淀渔具》一书说，黄鳝多时可捕捞一二百斤。

小虾都到网里来

虾回，是捞虾的工具。

虾回作业，多在小虾、小鱼喜欢活动的傍晚或晚间进行，地点多选择水深一米左右的淀泊边沿、河沟边沿的多苲草区域。

作业时，人下身穿橡胶皮裤，身后拖带一盛虾用的筐篓。作业时，人手握推把捞虾，一段时间后即将回兜提出水面，将兜中的小鱼、小虾倒入筐内。虾回的捕捞对象，主要是中华小长臂虾、中华新米虾。

捞虾的工具，另有一种叫“架回”，也叫“划虾网”。主要捕捞中华小长臂虾、中华新米虾及小型鱼类。架回作业常在晚间小鱼、小虾出没时进行，地点选大小淀泊浅水多苲草区，使用时两人协同，持竹篙沿船两侧向前撑船，徐徐前行。架回探在水中，一边抖去杂草，一边捕捞鱼虾。捕捞结束时，将回兜提入船舱，解开小口把鱼虾倒出。

捞虾的工具，还有一种叫“拉虾网”。《圈头乡志》记载，拉虾网一般在晚间作业，地点多选择在大淀深水区长有小叶苲（眼子菜）处。作业时一人用一只六舱渔船，将拉虾网及辅助部件载至预定地点。用一根较粗的竹竿或木棍直立插入水底并固定结实，将缠绕在管上较粗的长长的麻绳拴扎在竹竿或木棍上。沿直线划船前行，同时倒放缠在管上的麻绳。待麻绳放尽后，开始布置虾网，虾网放下水后，网口因横杆和铁链的浮沉作用而张开，船带动虾网向前行进。曳绳收尽，把虾网提上船，解开虾网小口，将虾、鱼倒出。

拉虾网还可以在冬季冰下使用。把虾网结上两根方向相反的曳绳，在冰面上隔一定距离，凿开两个长条形冰洞，用长杆把虾网的曳绳由冰口在冰下穿向对面冰口。对面人拉起曳绳后，两个人反复拉收曳绳，直至捕捞结束，将网提上冰洞口，倒出捕获的鱼虾。

虾回、架回、虾网，主要捕捞对象是中华小长臂虾、秀丽白虾等虾子，以及一些小型鱼类。

“抢回”也是捕捞小鱼小虾的工具。主要捕捞对象是小鲫瓜、屎包、麦穗，及各种虾类，还有田螺。抢回作业一般在冻河前至开河后使用。冬季冰冻坚实后可在大淀、沟河的深水区作业。作业时，一人站在岸边，将回子贴岸下水，贴水底向深水中沿直线推进。推到头了，再拉回杆，把回兜拖上岸后，翻倒回兜即可获鱼。冬季冰冻坚实后，一人或数人携抢回至预定地点，用冰枪将冰面打开若干个冰洞，后用抢回入水，也可捕捉鱼虾。

草把子与鲫鱼一起端

“端把子回”，就用来捕花鲫、噘嘴鲶子和刀鱼（红鲌）等大鱼了。

端把子回，在每年的6月至8月，花鲫产卵的季节，地点选在大河沟、大淀泊那些没有苲草的清水区。使用时，先用苇子或皮条草十几根，扎成一把120厘米长的把子。在把子上端，挂一把红根苲，也就是菹草。为什么挂这个草？因为鲫鱼最喜欢闻这个味道。把子下端，系一根长绳，绳子另一头拴一石块，将把子放入水中后，呈伞形立起。红根苲撒于水面，苇草把露出水面五六厘米。花鲫产卵，喜欢钻到水草中，特别喜欢钻到红根苲里。晚上十点多，摸黑去，用端把子回去捞鲫鱼。

端把子回，前端中间有个凹陷处，恰好可以套入把子下边的绳子。回子入水时，宜轻而快，切勿碰到绳子惊动了鱼，快速把草把子提起，水草和鱼便一同落入网兜中。

·最后的鱼鹰捕鱼

扁舟一叶，竹竿一根，鱼鹰一排，或许将成为白洋淀上消失的风景，只能存在于人们的记忆中。“我们一天下来捕不到多少鱼，再加上用老法儿养鱼鹰其实很辛苦，愿意养鱼鹰的人也越来越少了。”

鱼鹰驯养者

“茭草青青野水明，小船满载鸬鹚行。鸬鹚敛翼欲下水，只待渔翁口里声。船头一声鱼魄散，哑哑齐下波光乱。中有雄者逢大鱼，吞却一半余一半……”

白洋淀上，也有历史悠久的鱼鹰捕鱼传统。据历史记载，白洋淀渔民养鱼鹰捕鱼，已有2000多年的历史。

祖祖辈辈生活在白洋淀圈头乡，张西华和张老雨都是养鱼鹰的世家传人。“100来年了，我太爷爷、爷爷、我爹还有我，都是用鱼鹰捕鱼，养家糊口。”张西华说，“圈头乡的鱼鹰从古到今都特别有名，在我小时候，每家都有十多只鱼鹰，一出去就是几十张竹排和上百只鱼鹰。”

白洋淀大观园景区被承包后，经营者找到张西华和张老雨去表演鱼鹰捕鱼，以吸引更多的游客。原本景区每个月给他们3000元，后来，随着游客的增多，逐渐取消了基本工资，改为自收自支。养鹰人借助大观园的水域表演鱼鹰捕鱼，大观园景区依靠这门祖师爷传下来的绝技吸引游客。如此算下来，旺季一天能够收入五六百元甚至上千元，淡季时几十元到两三百元不等。

张西华说，当他在淀里发现鱼时，一声哨响，鱼鹰便纷纷跃入水中捕鱼。由于戴着脖套，鱼鹰捕到鱼却无法吞咽下去，它们只好叼着鱼返回船边，他把鱼夺下后，鱼鹰又再次下潜去捕鱼。在遇到大鱼时，几只鱼鹰会合力捕捉。它们有的啄鱼眼，有的咬鱼尾，有的叼鱼鳍，大鱼完全无路可逃。待捕鱼结束后，主人摘下鱼鹰的脖套，把准备好的小鱼赏给它们吃。

张老雨介绍，如果养得好，一只鱼鹰能捕近10年的鱼。

长良川上的表演

长良川上，漆黑的夜色中，渔火渐渐由远及近。船头悬挂摇曳的篝火，六艘小船驶来，那火焰把水面映得通红。只见头戴软帽、腰围蓑裙的“鹈匠”，一边熟练地牵动手绳，一边不时以木棍敲击船身，口中发出“嗬嗬”的吆喝声。绳子的另一端，系着一些鸬鹚，那鸬鹚飞快地钻入水中，似乎一小会儿，它们已经口中衔鱼回到船上，继而又重新跃入水中。

这颇具古典意味的捕鱼场景，已在日本岐阜的长良川河上，重演了1300年。

鸬鹚，俗称鱼鹰，日本人称为“鹈”，养鸬鹚捕鱼称为“鹈饲”。鹈饲之法，在长良川的渔民手中世代相传，直到今日，每年5月中旬至10月中旬，这传统的捕鱼方式依然会在这里表演。

我们住在长良川河畔的旅馆，它有一个美丽的名字，曰“十八楼”。此名来源于日本俳句圣人松尾芭蕉。当年他探访岐阜，为长良川畔的水楼题名“十八楼”，并写下一篇文章，《十八楼记》。这间旅馆的四壁及文字资料上，都可见到鹈饲文化的相关介绍。

日本的鸬鹚捕鱼，最早是与稻作技术一起，从中国传过去的。此后，这项宝贵的民俗传统一直受到重视，从战国时代的织田信长赐予渔夫“鹈匠”的地位，并保护鸬鹚捕鱼，到江户幕府的创始人德川家康屡次驾临岐阜，观赏和保护鸬鹚捕鱼，还把岐阜制作的香鱼寿司带到江户——发展到今天，鸬鹚捕鱼已经成为夏日长良川不可缺少的一道风景，吸引着大量游客前往观赏。如今，长良川仅有的6名世袭鹈匠，其正式名称是“宫内厅式部职鹈匠”，还属于国家公职人员。

这遥远的长良川上的捕鱼一景，令我想起白洋淀的鱼鹰捕鱼者。长良川上的鹈饲，也与这个飞速发展的时代格格不入，仅存的几名鹈匠，到了今天只是为文化的延续而存在。白洋淀上的渔民，同样为了把这鱼鹰捕鱼的技艺传承下来，至今还在努力地延续着这古老的生活方式。

如果可以流存下去

“我们一天下来捕不到多少鱼，再加上用老法儿养鱼鹰其实很辛苦，愿意养鱼鹰的人也越来越少了。”

澎湃新闻2018年4月2日推送过一篇文章，《雄安白洋淀放鹰人：年事已高，难觅接班人》，对白洋淀的放鹰人、圈头乡村村民张西华与张老雨做了访谈。养鱼鹰的张西华说，过去可是家家户户都养鱼鹰，现在白洋淀上已经没有多少人家养鱼鹰了，再加上鱼鹰本身的低繁殖率，很多鱼鹰人的后代，都没有继承这门技艺。

张老雨介绍，现在整个白洋淀的鱼鹰已经不到50只，李广村的马老九有16只，他自己有19只，张西华有10只。目前，他们正在配合有关部门将这项传统的养鹰、驯鹰、放鹰秘术申报“非物质文化遗产”。

他们把满载鱼鹰的鹰排子划入白洋淀深处，然后用一根特制的木杆，把鱼鹰从鹰架子上一只一只挑起来放入水中，口中不断吆喝出咒语般的各种口令，脚下踩动鹰排子特别安装的一个踏板，不时发出不同节奏的声响，指挥鱼鹰们随时下潜上浮调整位置，追逐鱼类，不时有鱼鹰把捕获的鱼儿送上来，仿佛是一种仪式感极强的传统文化活动表演。

在过去，这是白洋淀上人们的日常生活场景之一。如今，这一幕场景在白洋淀已经难以见到，只能在特定的场合以表演的形式存在。如果，鱼鹰捕鱼的传统能一直被流存下去，那么，它将会令多少人赞叹和欣喜。

卷四

亲历 | 一个人的渔猎记忆

（文 | 邓志庚）

白洋淀之美，全在于水。碧水蓝天，绿苇红荷，鸟翔鱼跃，呈现出水乡特有的自然风光。

“水是田畴，鱼是籽粒”。辽阔的水域中繁育着丰富的鱼、虾、蟹、蚌；广袤的沼泽、草滩中群集着野生鸟禽。白洋淀人发明和创造出许多渔猎方法，让大淀奉献出丰饶。河、湖、港、汊中到处是菱、芡、莲、藕，他们适时采撷，享受着大自然的馈赠。渔猎和采集，是白洋淀人最初的生活依托。

·巧布迷魂阵

白洋淀“迷魂阵”的构建材料，主要有苇箔、大密封和网片。苇箔就是用麻绳把芦苇秆编在一起的苇帘子，每片苇箔长五米左右，宽度有两米、三米不等，根据水势深浅而定，以把箔立扎在水底再露出水面两三尺为宜。大密封用棉、麻线编织竹篾而成，就是个鱼能进不能出的篓子。网片是用棉线或合成纤维织的，宽约丈许，网眼能伸进两个手指头。

布设“迷魂阵”之前先要选址，渔民戏称为“看风水”。环境决定着鱼的多少，风向和水流情况决定着鱼游方向，由此确定箔旋的坐落位置，还要根据不同的季节采取不同的箔旋形式。布阵开始先扎“行箔”。用箔铲在河底切出一条沟来，然后把箔单片展开，将一端扎在沟里。行箔要扎成一条直线，箔与箔之间用竹竿结牢。这样一片箔连着一片箔，在水中立起一道整齐的篱笆。行箔一般一头在岸地，另一头向水中射线延伸，到够用的长度后，扎一道圆形大箔圈把箔头围起来，只在箔头和箔圈的衔接处留两个缝隙，这是进鱼的门口。大箔圈中再扎小箔圈，小箔圈留个门口，以便进了大箔圈中的鱼再游到小箔圈里。这样大箔圈套小箔圈，一般有

三到四层，在最内层的箔圈上开个口坐上大密封。箔旋扎好后，在大箔圈的外侧平支起一圈渔网，高出水面二尺许，渔民称其为“跳网”。一个完整的迷魂阵即告竣工，只等游鱼自投罗网，一台“自动提款机”就开张了。

迷魂阵中的鱼们一路游逛而来被行箔挡住去路，便自然而然地顺箔而行找道儿走，不知不觉游进了大箔圈。在大箔圈中游来游去正觉得“山穷水尽疑无路”时，发现有个门口，就认为是“柳暗花明又一村”了，其实已经误入歧途钻进了第二层箔圈子。就这样一圈连一圈地往里钻，“曲径通幽处”，最后钻进了大密封，彻底进入了牢笼。令人不解的是：大密封的入口很窄，小鱼儿游进去也算顺理成章。而那些几斤重的大鱼也非挤进去不可，尤其那鼋鱼（王八），圆团的身材本来是进不去密封的，却也一意孤行，想方设法扁着身子滚进大密封里，岂不怪哉？而那些十来斤甚至十几斤的大鱼，几经尝试实在进不了密封，直憋得乱转乱撞，情急之间施展出“跳龙门”的本事，飞身越过箔旋却落在跳网上，多大的鱼一离开水就再也无用武之地，只有束手就擒了。

白洋淀俗语云：“勤罾、懒网、自在箔。”扎箔旋是非常轻松有趣的捕鱼方法。只要把迷魂阵摆好也就没什么大活了，也就是检查检查箔与箔之间接头处有没有开口，防止鱼们钻出去；打捞打捞旋门和旋内的水草杂物，让鱼们进旋时一路畅通。再就是收获了，定时把密封里和跳网上的鱼收到船舱里。由于箔旋捕到的鱼新鲜，都是活的，贩鱼的商人早就在这儿等着，从船舱里捞出鱼来过秤算账，几篓鱼提过去，一沓钞票递过来。这迷魂阵不正像银行里的自动取款机吗？只是看看那些自投罗网的鱼怪可怜见的，令人生出无限感叹：

无事生非探幽奇，步步临险浑不知。

烹炸端上迎宾宴，觥筹交错笑尔痴！

·捕蟹三法

别看螃蟹张牙舞爪，样子吓人，捕捉起来却简单有趣。到白洋淀来，要是想吃亲手捉的螃蟹，又没有捕蟹的工具，我教给你几种捕蟹方法，保证你能亲自捉到螃蟹。

一是掏螃蟹洞。

天气热，螃蟹喜欢栖息在自己挖成的洞穴里。它的洞穴很好认，在淀泊边上或者河道两边，有螃蟹出没的地方，会看到比饭碗还要小些的洞口。往里一看，比较幽深。洞口一般有三分之一在水面之下，三分之二在水面之上，这就有可能是螃蟹洞。再到近前看看，如果洞底光滑，有螃蟹出入的痕迹，就把手伸进洞里试试，里边凉丝丝的，比外边温度稍低一些。可以断定：找到螃蟹洞了。

为谨慎起见，掏洞之前先用草棍伸到洞中搅一下，防止里面有蛇。不用怕螃蟹跑掉，那螃蟹见有动静，只会往洞的深处鞧（qiū）。确认洞里没蛇，就没了后顾之忧，尽管伸手去掏吧。在洞中摸到螃蟹，不要怕它夹手，它在洞中是不夹人的。一定要把螃蟹连夹子带腿都抓在手中，否则，螃蟹一出洞，就真该用钳子夹你的手了。

有的蟹洞很深，还有的蟹洞是弯的，伸手够不着螃蟹。这时你也不用挖洞，取些苲草团成团儿，塞住洞口。洞里的空气与外面隔绝了，氧气越来越稀薄，螃蟹憋得受不了，就会自己爬到洞口。当你把苲草取出来，它已经瘫痪在洞口，只等被擒了。

二是踩螃蟹。

在螃蟹出洞游玩、采食的时候，可以用脚踩住螃蟹，这种捕蟹的方法更简单。不信，听我说完你就去试试。

撑着船在河面上慢慢巡行，时而在船头上跺一下脚，发出“咚咚”的响声。螃蟹在水中被响声一震，就被吓得蜷缩在水底吹气泡儿。水泡漂出水面，有碗口那么大一片。这就等于告诉捕蟹人:“我在这儿呢！”你就跳入水中，用脚在这儿摸，踩住螃蟹之后，弯腰潜水，一只大螃蟹就被捉上来了。

要是没有船，也可以直接蹚入水中，用脚踩着水底行走。一样能踩着螃蟹，低头弯腰，一把就把螃蟹抓上来了。

踩螃蟹时不要害怕，只管放心地去踩，它在水中是不会夹人的。

三是钓螃蟹。

说到钓螃蟹，你可能会说："不行，我没带钓钩。"没关系，钓螃蟹不用钩。需用的东西很简单：只要一尺来长的一段铁丝，再找十几粒玉米就行。制作钓螃蟹的工具更简单，先把玉米粒在水中泡得涨起来，再用铁丝把玉米粒串在一起，绑成一个环形。在玉米环上拴一根绳子，绳子的另一头拴在钓竿上，钓螃蟹的工具就做成了。

在有螃蟹出没的地方，就像钓鱼那样，把玉米环下在水里。看到绳子有动静，就把钓竿挑起来，只见一个大螃蟹，用两只夹子夹住玉米环，还直往嘴里送呢！已经被钓出水来了，还不肯松开。

螃蟹真傻，如此执着、贪食，怎么会不成为渔人的囊中之物呢？

要是再专业一些，就多做些玉米环，每隔五尺一个，串联在一根绳子上，一直下出去四五十米远。你就来回地倒这绳子，把来吃玉米的螃蟹，一个接一个，用回子抄进船舱里。这种捕蟹工具有个专业名称，叫"螃蟹卡"。

·叉黑鱼窝

黑鱼之所以能够在白洋淀的水中世界称王称霸，和它与生俱来的身体素质是分不开的。浑身细密坚硬的鳞片包裹在结实的皮肤上，好像穿着皮质的甲胄。身上有蟒蛇一样的花纹，令水族们望而生畏。它这身“迷彩服”，还具有非常好的隐蔽性，经常埋伏起来，向其他水族进行突袭。它的嘴巴有很强的扩张性，嘴里长着两排锋利的牙齿，不但咬撕能力强，还能吞下相当于自身粗细的鱼。丰满的平滑肌构成了结实的棒槌形躯体，背、腹、尾鳍丰厚，使它动作机敏，游速快捷。这些特点的完美组合，构成了它强大的战斗力，使它占据着水中世界的霸主地位。

黑鱼是食肉鱼，从刚会游动就吃小虾，长到几两重就吃小鱼，体重到一斤左右，就敢吃黄瓜鱼（白洋淀人对白条的叫法）了。长到成鱼之后，更是在水中世界横行无忌，逢谁吃谁了。

黑鱼具有很高的经济价值。肉质白嫩细密，口感筋道鲜美，肉中无刺。黑鱼是白洋淀脍炙人口的名菜“炒鱼片”“酥鱼片”的独特选品。

黑鱼“籽儿”，更是淀中美味的极品。由于它的卵块极似一条小裤子，故而俗称“黑鱼裤子”。用食盐腌制到冒出红油来的时候，做下酒菜，堪称人间美味。要是用黑鱼裤子做馅儿包饺子，直把人吃得“顺嘴流油，放屁油裤裆”。白洋淀有句俗话：“吃了黑鱼肠，忘了生身娘；吃了黑鱼裤，忘了生身父。”

因为黑鱼是“害鱼”，又有很高的经济价值，所以渔民就想方设法地捕捉它。叉黑鱼窝，就是下手最狠的一种捕捉方法。

黑鱼对“爱情”很专一，实行的是“一夫一妻制”。黑鱼择偶时，雌鱼通过雄鱼的“决斗”来选择“黑马王子”。冬季里，白洋淀千里冰封，水中世界相对安全稳定，鱼们都在休养生息。雌黑鱼在水底苲草丛中越冬时，不知不觉就“怀了孕”。春暖花开时，她要选择“乘龙快婿”做伴侣，一块儿搭窝、产卵、护卵、抚育儿女。“三月十五咬头窝”，每至此时，在淀边，苇塘那些水质好、环境安定的地方，一处处决斗的“擂台”就开场了。雌鱼在一旁观阵，雄鱼们相互追逐撕咬，搅作一团，激起水花飞溅，咬得血肉淋漓。有经验的渔民总能找到它们的校场，雄鱼们斗到酣处就无所顾忌，甚至察觉不到渔船的到来。叉鱼人抓住时机，突然出叉，刺中黑鱼。咬窝时叉住的多数是雄鱼，因为雌鱼“旁观者清”，一发现渔

民到来，就自顾逃命，溜之大吉了。

雄鱼们决斗中，个小力单的，斗不了几个回合，自知没有胜利的希望，就悻悻地离开了。那体质虚弱的，带着遍体鳞伤，也败阵而去。最后胜出者洋洋得意，和雌鱼卿卿我我，相顾相随地寻找搭窝的地方去了。

相亲相爱的黑鱼夫妇，一边游玩儿，一边寻找着搭窝的地点。时值春末，淀水尚凉，它们一般选址在淀泊中向阳一面的浅水区。太阳一出，晒到水底，这里比较暖和。要是夏初，淀水暖了，它们就选址在僻静的河汊，这里水质清新，环境安静。位置选定，开始搭窝，说是搭窝，其实主要是清洗窝子。先把水底的杂草咬断，再你来我往地把水草叼走。搅动着尾巴，把窝底的烂草、淤泥清洗干净。又在窝里乱搅，把水面的杂物冲走，一个理想的“洞房”“产房”就竣工了。

窝搭好了就产卵。母鱼临产时，憋不住了，在窝里剧烈地搅动着，把卵排在窝里。排出来的卵子有黏性，相互粘连着在窝的水面飘了一层。公鱼围着鱼卵游动，一边归拢着鱼卵，一边排出精子，给鱼卵注入了灵性。公鱼和母鱼轮换着守窝，好抽时间去找点吃的。卵子经过暖和的阳光一晒，渐渐显现出针尖大的眼睛和孑孓似的小尾巴来。卵在窝里孵化的阶段，正是叉黑鱼的最佳时机。

叉鱼人凭敏锐的视觉和灵敏的嗅觉，撑着小船儿，在黑鱼喜欢搭窝的地方搜寻着。相隔几十米，就能发现黑鱼窝的所在，当然，距离这么远谁也看不见鱼卵，是因为黑鱼窝那儿比别处的水面干净，水草也新鲜。有的水草、小荷叶上还带着水花呢！这是黑鱼夫妇常来光顾的结果。要是有芦苇、水草遮挡着视线，叉鱼人就耸耸鼻子，闻闻气味，因为黑鱼卵会散发出浓重的鱼腥味儿，渔民闻到腥味儿就能断定：里边有黑鱼窝！

找到黑鱼窝，就该准备叉鱼了。叉鱼之前先要看好“鱼道儿”，也就是通过观察，判断出黑鱼习惯从哪边来上窝。鱼经常游过的地方，水草光鲜，没有水垢。叉鱼的位置最好选在鱼道儿的对面，绝对不能选位在黑鱼上窝的方向上。如果黑鱼窝旁边是苇地，叉鱼人可以悄悄蹲在苇地里，利用岸边的芦苇做隐蔽物。如果是在水泊里，叉鱼人提前准备了一个专用的木架，在木架上插几根芦苇做隐蔽物。还要注意别置身在太阳一面，防止阳光把身影投进窝里，黑鱼就不敢来上窝了。选择好位置就选择鱼叉，常叉黑鱼窝的人一般备有两把鱼叉：“七股连”和“大五股”。七股连叉股多而密，叉头也小，适合叉三斤以内的黑鱼。大五股叉股少而稀，但叉头大，“苗子”(叉股)长，适合叉三斤以上的大个儿黑鱼。有经验的渔民，从窝里鱼卵的大小、多少，能够估计出黑鱼的大小，从而决定选用哪把鱼叉。拿起鱼叉来，隐蔽好身子，把鱼叉端起来做一下投叉的姿势，把妨碍运叉的芦苇、水草等整理利索。一切准备就绪之后，用叉头把窝里的鱼卵搅动一下，就严阵以待，静等黑鱼上窝了。

守窝的黑鱼其实就在附近，它忽然听到家里有响动，以为是青蛙，或是其他什么鱼来侵扰家宅，“卧榻之下，岂容他人瞌睡?”尤其不放心的是，谁吃了熊心豹子胆，敢打我孩子的主意? 每当此时，负责值守的亲鱼（母鱼）或者公鱼，都会凶神恶煞地回窝护子，当此时，正是下叉的好时机。不过且慢：叉鱼人要知道瞄准黑鱼哪个部位下叉。如果黑鱼从左面或者右面上窝，要瞄准黑鱼嘴前一寸处下叉。因为你一出叉，黑鱼发现后会本能地躲叉，它的动作必然是向前一蹿，你的鱼叉留了提前量，定会刺中它的脖颈轴子。如果黑鱼从正前方游来，你就正对着鱼头瞄准。你一出叉，黑鱼见叉到，就一定要转身躲叉，这时候，它无论是左转还是右转，都会被叉中脖颈轴子。下叉时，一定要做到稳、准、狠，争取刺中它的要害部位。叉住黑鱼之后，不能急于用叉提鱼出水。虽然鱼叉的每根苗子上都有倒钩须，但鱼在剧烈挣扎时也有可能会脱叉逃掉。一定要挑鱼出水，防止得而复失的遗憾发生。如果叉住了五斤以上的大黑鱼，要先把黑鱼摁到水底，再拿起另一把鱼叉，也刺在黑鱼身上，用两把鱼叉挑鱼出水就稳妥多了。

护窝的黑鱼都是“夫妻俩”，叉了一个能不能再叉住另一个，考验叉鱼人技术水平的时候到了。叉了一个黑鱼之后，要手脚麻利，把现场收拾干净，把窝里的鱼卵归拢好，好像这里什么也没有发生过一样。然后迅速隐蔽好，屏息凝神地等待另一条黑鱼上窝。叉黑鱼窝的高手，才能把公鱼、母鱼双双擒获。

有时候，同时发现了两个黑鱼窝。两窝相近，不能顾此失彼。怎么办？专业的叉窝人早有准备，他们船上带着“粘钩篮儿”。所谓粘钩篮儿，是用一条竹篾弯成个直径一尺二寸的圆圈儿，把接头绑牢。再在圆圈上十字交叉着绑上两根横梁，在圆圈和横梁上拴上二十把粘钩。做成之后提起来，就好像是个花篮儿，所以叫“粘钩篮儿”。把粘钩篮儿下在黑鱼窝里，圈儿漂在水面，钩沉在水中。那粘钩尖儿磨得飞快，鱼一钻过，只要碰上一个钩，就被粘住。越挣扎，粘上身的钩就越多，比山里猎人给野兽下的踩夹还要厉害多少倍。叉鱼人下好粘钩篮儿，就放心地去叉另一个黑鱼窝。等到这个窝里的黑鱼被叉住了，那个窝里的黑鱼也已经被粘钩篮儿擒获了。

技术高的叉窝人，不是光凭找黑鱼窝，还会“撂窝子”，就是给黑鱼搭窝。他们选择黑鱼喜欢搭窝的地方，按照黑鱼们“自建住宅”的标准，替它们建起一处处舒适的家，达到了可以以假乱真的程度。鱼也像人一样，有那得过且过，没有长远打算的家庭。妻子怀孕临产了还没有自己的家。急切当中，见有现成的住居，就迫不及待地产卵、授精，却不知是渔民为自己设下的陷阱。叉窝人一边找“自然窝”，一边布下了“人造窝”，过一段时间，就可以到人造窝里去叉鱼了。节约了找黑鱼窝的时间，每天叉获黑鱼的数量与常人相比，就可想而知了。要不说“行行出状元呢！”

黑鱼卵孵化出来的小黑鱼，白洋淀人管它叫“浆子”。鱼卵变成浆子之后，再用叉窝的方法捕黑鱼就不行了，因为浆子已经能够离开窝，活动范围就大了。看那成片的浆子滚作一团，到处游玩，找小虾吃。不是它们胆子大，刚出娘胎就敢闯天下，是因为有恃无恐，爹、妈都跟着做护卫呢。这时候，渔民就该“端浆子”了。端浆子的“回子”(抄捞渔具)模样就像个大笊篱。回子口的直径有五尺左右，回子柄一丈来长，端浆子的渔民撑着船，在淀边、河汊里搜寻着浆子的踪迹。成群成片的浆子们在水面上，一边觅食一边游玩，惬意得很，就好像幼儿园的孩子们在阿姨的呵护下在春游。渔民发现了浆子群，撑船快进，借助船前行的惯性，猛地把回子插入浆子群的下边，以船头为支点，用力一按回子把儿，回子出水，把一窝浆子都端进了回子兜里。一窝浆子，多的有六七斤呢！可别小看这浆子，只要用醋、盐简单烹卤一下，用刚出锅的烙饼一卷，那味道，也是白洋淀特有的顶级美味。由于有的亲鱼、公鱼对孩子们太过溺爱，跟得很紧，渔民就一回子连老带少，一大家子“一锅端”了。

·放鹰世家

放鹰，是一种独特的捕鱼方法。其优点是不受地理条件的限制，水面有荒草，水底有坑、有沟，都能驱鹰捕鱼，而且收获颇丰。

鱼鹰，是由一种叫鸬鹚的水鸟驯化而来的。它那黑色的羽毛随着阳光的变幻，闪现着绿、蓝、紫色的光泽。嘴扁而长，暗黑色，上嘴的尖端有锋利的钩儿。能游泳，善捕鱼。喉下的皮肤像个口袋，捕捉的鱼可以存在囊内。

把鸬鹚驯化成鱼鹰，要从幼鸟开始，需经过孵化、饲养、驯化的复杂过程。一只好公鹰，价值超过一头耕牛。放鹰还需要专用的船只，叫“鹰排子”。这种船形状像一片柳叶，船底窄，船身长，船舱深，速度快，转弯灵活。别看船小，可以在浪尖上穿行。船上设有鹰架，鱼鹰站在上面。一只鹰排子需配备六只鱼鹰以上，组成强势的战斗力，才称得上“一排子鹰”。

白洋淀的放鹰人，都是祖辈传的专业户。清康熙年间，

李家庄放鹰的李把式有个儿子叫李亮，门当户对，娶了定平寨鹰户王家的姑娘玉藕为妻。李家、王家各有两排子鹰，成亲之后兵归一处，将领一家，气势大增，淀上捕鱼阵容强大，鱼市上卖鱼独占鳌头。

对于放鹰捕鱼，历来褒贬不一。实在令人料想不到的是，如此一件小事却惊动了康熙皇帝，触犯了圣意，给放鹰之家引来了灭顶之灾。

那是清康熙五十四年的二月初五，康熙皇帝驻跸郭里口行宫，听当地人说“鱼行鬼市”，鱼的买卖都是在夜间交易。万岁出于好奇，传旨：圣上明早要和御厨上市买鱼。俗话说“鱼吃新鲜肉吃肥”，鱼商们买了鱼，需要贩到远处去卖，所以要早早交易。才四更天，鱼市上就灯火闪闪，人影幢幢，卖鱼的，买鱼的就都上了市。康熙皇帝和御厨都换上当地人的衣着打扮，杂在人丛里。人常说“河里没鱼市上看”，鱼市上鱼、虾、蟹、蚌都有，只要是水里长的东西，鱼市上样样俱全。万岁爷只享用过盘中的美味，却未曾见过这鲜活的珍奇，觉得哪儿都新鲜。看来看去，看上了一篓大鲂鱼。鲂鱼个个都像鞋底子那么大，在提灯光下闪着银光。卖鱼的赶快张罗买卖：“看上我这大鲂鱼了吧？鲶鱼尾巴鲤鱼头，鲂鱼肚皮一兜油，这可是淀里最好的东西！”御厨看出了康熙的意思，赶紧上前搭讪：“你这鱼有点儿贵。”卖鱼人说：“贵？贵人吃贵物，何论价高低？我给你约大点儿分量不就有啦，还连鱼篓都送给你！”御厨看了康熙一眼，知道万岁爷愿意要，就说：“好吧，你可给约好了分量！”卖鱼人一边称鱼一边说：“分量你放心，卖不着不卖，不信回去约去，分量不够回来撅我的称！”

康熙和御厨搭着鱼篓往回走，此时天已明了，迎头碰上住在行宫后边的放鸭人赵老三。老三认得御厨是行宫里边的人，老在行宫后边洗菜，就搭讪话儿说：“这大鲂鱼好是好，不过都是从鹰嘴里掏出来的，你看，身上的鳞都快让鹰嘴嗍(suō)光了。”康熙好奇地问：“鱼鹰？”赵老三见自己的话受到了皇宫里大官的重视，兴奋起来，指着不远处停着的一排子鹰说：“是啊，那就是鱼鹰。”康熙走过去看，鹰排子上没有人，架上的鱼鹰见有人来，立刻警觉起来。瞪着绿眼睛，满怀敌意地盯着康熙，脖颈一曲一伸，好像在挑衅。康熙不无惊恐地向后退了两步。不怕没好事，就怕没好人。赵老三扶了一把康熙，故弄玄虚地说：“老爷子小心，这可不是什么好鸟，小心被它啄了眼睛！”康熙问赵老三：“这鱼就是它逮的？”赵老三也够多嘴的，回答说：“不是它是谁？好端端的鱼都让它尝了头过，它要是在水中拉一摊屎，半亩大的水面就长不了鱼啦！”康熙皇帝自从前天率领水军到赵家庄帮老百姓救火，老百姓给他送了“万民伞”，就思谋着要多为老百姓做好事。康熙皇帝想:“要是把鱼鹰都除掉，不就是为民除害吗?”到了行宫，康熙铺纸伏案疾书了“断鹰碑”三个大字。传旨:杀鹰立碑，从此断鹰!

“断鹰碑”立在李家庄，白洋淀所有鱼鹰在三天之内全被杀光。以放鹰为生的家庭都被砸了饭碗，李把式又心疼鹰，又觉得生活无望，竟一病不起，不久去世。李亮埋葬了父亲，告别了母亲，带着玉藕闯关东谋求生路。

“十年河东，十年河西”，没几年，康熙皇帝驾崩，雍正即位。“一朝天子一朝臣”，官府从上到下没人再提断鹰的事。李亮夫妇带着三个儿子回到了李家庄，双方的老人就只有李母尚在。李亮本想重操旧业，苦于没有本钱，眼下只好靠下卡、下篮捕鱼度日。

有一年的三月十五，两口子在丝网淀下卡，见芦荡中有个大鸟窝，就把船划过去，想给孩子们拾点儿鸟蛋。那窝里还真有两个鸟蛋，比鸭蛋还要大些。玉藕捡起鸟蛋，放在水中漂了一下，蛋在水上漂着。李亮说:“有了‘儿子’啦，吃不得，扔了吧。”玉藕舍不得，就带回家里，交给李母。李母挺高兴，说“给小二、小三儿煮煮吃吧?”玉藕说:“有了儿子啦，吃不得。”李母也没舍得扔，顺手从锅台的碗架上拿了个碗，把蛋放在里面，塞在了碗架底下，想等孩子们回来拿着玩儿。当时想得好，过后就忘了。

一晃过了十多天，李亮两口子倒卡去了，孩子们也没在家。李母也是七十的人了，倒在炕上，享受着少有的清静。她总听着屋里有“吱吱”的叫声，再仔细听听又不像是老鼠。循着声音直找到锅台那儿，李母蹑手蹑脚地走过去，这回听清了，声音是从碗架底下发出来的。忽地想起碗架底下放着两个蛋呢！赶忙把碗端出来一看，大吃一惊，里面竟有两只小鸟儿。李母越看越高兴，她认出来了，这是两只小鸬鹚，可以驯化成一对鱼鹰！

一家人真是如获至宝，玉藕给它们织了鸟笼，李亮把鲜鱼剁碎，用嘴唇含着给它们喂食。李母每天像照管婴儿似的给它们喂水，把鸟笼端到院子里晒太阳。看着鸬鹚一天天长大，一家人憧憬着美好的未来。

李母告诉李亮，要防止鸬鹚野性难收，长全了羽毛飞走。李亮就小心翼翼地把它们的双翅各剪去了三根羽翎。李母又告诉李亮，训鹰得“熬”它的精神，练它的眼力。李亮和玉藕就不分昼夜，每人和一只鹰对视着，只要它一合眼，就用手拍它的脸，让它永远精神着。直把它们驯得用手在眼前晃也一眨不眨，即便睡觉也是睁着眼睛。

有了鱼鹰，李亮一家省吃俭用，排了一只鹰排子。放鹰用的家什李母还都保存着，又派上了用场。过了八月十五，李亮带鹰上船试水，让它学着叼鱼。先教它听从主人的号令，鹰排子后边有一块脚踏响板，放鹰时鹰把式一边划船，一边用脚踩着响板发出“啪……啪……”的响声，鱼鹰捕鱼时，要跟着响板的声音走。放鹰时，鹰把式经常发出“呜号……呜号……”的口令，意思是告诉鱼鹰:“这里发现鱼群啦，赶快潜水叼鱼!”把式要是连续呼喊:“喔……喔……”，声音很急促，意即“有鹰叼住大鱼啦，近的鹰赶紧去帮忙!”由于两只鹰还未成年，放鹰的目的重在训练，没有给它们脖子上拴草箍。先让它们自捉自食，好让它们知道，只有付出劳动，才能享用劳动果实。它们要是捉了两斤以上的大鱼，自己吞不下去，就主动叼来交给主人邀功请赏。

第二年的三月十五，两只鹰正好一周岁时，产下了两只蛋。“乖”鹰(母鹰)喜欢得了不得，久久地伏在窝里，想孵窝。李亮决不能让它沉湎于孵窝，因为今后的生计，都寄托在两只鹰上了，所以决定由母亲和玉藕找一只抱窝的母鸡代孵。

正是桃花鱼汛时节，李亮带两只鹰下淀捕鱼。用皮条草捻成细绳，箍在两只鹰的脖子上，不让它们把捉住的鱼吃掉。它要是吃饱了就不拿鱼了，畜生们都是这样，你要是总心疼它，它就不心疼你了。李亮是放鹰科班出身，两只鹰虽然捉鱼技术还嫩，但正在少年，精力和体力非常充沛，只要放的时间长些，每天都有较好的收成，维持一家生活富富有余。

孵鹰的母鸡很痴情，也不管是不是自己的儿女，尽心尽力地伏在窝里孵着。“鸡孵鸡，二十一（天）；鸡孵鸭，二十八；鸡孵鹰，一月成。”小鹰终于破壳而出，家中充满了喜气洋洋的气氛。它们已经是鱼鹰的后代了，不再是小鸬鹚，也就不用刻意地去训了。到了夏天，小鹰三四个月大时，李亮就带它们下淀，跟着“父母”学活儿。中秋鱼汛到来的时候，李亮就放着四只鹰了，力量壮大了，增加了收入。

就这样鹰下蛋，蛋孵鹰，十年的工夫，李亮率领着儿子大淀、二淀、小淀，四只鹰排子、三十多只鱼鹰，成了淀上闻名的李大把儿。

俗话说：“慈不养兵，易不生财。”由于二淀、小淀哥儿俩过于爱怜鱼鹰，放鹰时对它们总是心慈手软，致使有那么两三只鱼鹰养成了“奸、懒、滑、馋”的习性。放鹰时，它们要么溜边儿蹭沿儿耍滑偷懒；要么不潜深水“扎串皮猛子”骗人。“一颗老鼠屎坏一锅汤”，鱼鹰队伍要这两三只孬鹰搅和得军心涣散，士气衰落。李家每天到鱼市上卖鱼，比别家鹰多却不如人家卖的鱼多，让李家父子丢尽了脸面。李大把儿知道症结所在，决定痛下决心，整肃鱼鹰队伍。

这一天，李家在四角河头撒开了鹰群，一直向东放出了四五里地。四只鹰排子围追堵截，把鱼群赶到堤根，鱼群再无去路。一次聚歼鱼群的战斗打响了。李大把儿兴奋异常，提高了嗓音呼喊：“呜号……呜号……”李大把儿的号令，感染了儿子们，他们也一起呼喊起来。李大把儿的鹰王听到号令，一撅屁股扎入水中，过了好一会儿才浮出水面，只喘了几口气，就拍打着翅膀在水面上飞跑，又一个猛子扎入水中。李大把知道，鹰王正在追赶一条大鱼，急忙驾船赶了过去。忽然水花飞溅，鹰王从水中拖出一条“大黄甲”来。大黄甲是最凶猛的鱼，尽管是鹰王，势单力孤也难制服它。李大把儿见情况紧急，赶紧发令：“呜……呜……”，听到号令，附近的两只鱼鹰冲了过去帮助鹰王，把一条十多斤重的大黄甲鱼抬出了水面。此时，溜边耍滑的那两只孬鹰，正在东张西望。见机会来了，马上游过去挤开了两只帮忙的鱼鹰。幸亏鹰王叼紧了黄甲鱼的腮圈儿骨，不然被这两只孬鹰一搅，大鱼定会逃脱。李大把儿手疾眼快，一回子把黄甲鱼连鹰王抄上船。帮助鹰王摘下嵌入鱼鳃骨的喙钩，顺手抄一把小白鱼喂进鹰王嘴里，又把鹰王的脖子一捋，小白鱼通过了草箍的束缚，进到鹰王的肚里。然后把鹰王挑上鹰架，让它稍做休息。此时那两只孬鹰还等着领奖呢，在船边伸着嘴等着。李大把儿早已气冲牛斗，“啪啪”两杆子，打得两只孬鹰在水中翻滚。又挑起它俩的脚绳（为方便捉鹰，在鹰脚上拴的短绳），把它们倒栽葱一样挂在鹰架上示众。两只孬鹰被倒挂在鹰架上，一边扑棱着翅膀挣扎，一边哀叫起来。

李大把儿这一赏罚分明的举动，群鹰都看在眼里。勤鹰倍受鼓舞，懒鹰受到震慑，纷纷撅屁股潜入水中。聚歼鱼群的激烈战斗盛况空前，水面上只有叼鱼出水的鱼鹰。父子四人吆喝得嗓子哑了，捞鱼奖鹰忙活得臂膀酸了。不一会儿，所有鹰排子都装满了鱼。鱼市上，李家父子终于扬眉吐气，拔回了头筹。

鱼鹰给老李家叼来了财富，一处一处新房子，一房一房新媳妇。老李家一代接续一代，过着放鹰捕鱼的好光景。

1955年，渔政管理机构发布了《白洋淀繁殖保护暂行条例》。其中第四条，对放鹰提出了限制措施："鱼鹰只能在烧车淀、藻苲淀放养"。"坚决禁止孵小鹰"。"对于贩卖鱼鹰的，处以六个月以上的徒刑"。

"人心似铁，官法如炉"。不管多么喜欢和依靠放鹰，政令是不容触犯的。李家只能用现有的鱼鹰，在指定的地点维持着放鹰的行当。鱼鹰老了，没有后备力量，收入每况愈下。后逢"十年浩劫"，又遭割"资本主义尾巴"，放鹰的行当陷入绝境。

十一届三中全会后，政策活了，却赶上白洋淀干淀，水干鱼净，连喂鹰的鱼都没有，放鹰人到处找小死猪，剁烂了喂鹰，维持着它们的生命。1988年，白洋淀重新蓄水，渔业生产又得到了恢复和发展。放鹰李家真执着，又重操旧业，继续放鹰。可是，新一代的年轻人已经对这活儿没了兴趣。

他们说："干什么不行，干嘛非得放鹰？"也确实，在改革开放的年代，放鹰所得的收入已经失去了诱惑力。

放鹰世家的传人，人老了，放不动鹰了；排子上的鹰老了，捉不住鱼了。但是，"物以稀为贵"，放鹰人迎来了新的生活。那些来白洋淀写生的画家，猎奇的摄影家都喜欢邀请放鹰的做模特。还有好多好奇的游客，喜欢和放鹰人及鹰排子照合影。经济社会了，所有这些都是有偿服务，充当着"历史文物"的角色，倒也收入不菲。一次和放鹰人攀谈起来，他屈指一算，自己已经是放鹰李家的第十三代传人了。

·鱼迷花篮

下篮，是白洋淀渔民捕鱼的方法之一。这种捕鱼方法，既文明雅致，又轻松有趣。

篮分好多种，想逮什么鱼，就用什么篮。在白洋淀，有鼋鱼篮、螃蟹篮、鲢鱼篮、黑鱼篮等。无论什么篮，从外观和构造上看，都大同小异。篮的整体形状就像个大花瓶，在一个圆柱体的一头，有个开口。和花瓶不同的是，篮是用苇眉子编成的，玲珑剔透，均匀的六角孔洞布满全身，要不怎么叫"花篮"呢。花篮上的开口，也是用苇眉子编成的。这是给鱼设置的一个进得去、出不来的门口，叫作"须"，这是篮能够捉住鱼的关键部位。

白洋淀有个水乡渔村叫漾堤口，这个村的男男女女，都是天生的能工巧匠。有织网的，打密封的，编篮的，做的都是捕鱼的专业工具。干什么的总干什么，久而久之，都成了专业户。编一只篮，有一小缕苇眉子就够用了。一只编成的篮称称重量，也就有二两来重，但能够捕捉几斤重的大鱼。这精巧的设计，真是令人叹为观止。编篮，一般是女人们的活儿，她们选取皮白、有韧性的“栽苇”，把苇节太密又比较硬的根部截去，苇尖太细，不够结实也截去不用，只留下中间部分。把芦苇用专业工具“穿子”破成苇眉子。比较细的苇子，就用“四缕穿子”破成四片。较粗的苇子用“五缕穿子”破成五片。破好的苇眉子都像韭菜叶那么宽，剥去皮，用水浸一下，在硬地上用碌碡轧得柔韧、有弹性，就能编篮了。

手巧的女人们编篮，只见手指灵巧地拨动，根本看不清是怎么编的。不一会儿，就在她怀中出现了一个圆筒形的小篓，这是篮的一半儿。再编一个圆筒，在圆筒的一头儿拴上“须”，这一半儿又做成了。把两半儿合在一起，在接头处用苇眉子串在一起，只串死一半儿，留着一半儿能够开合，这是往外倒鱼的地方。也就有十分钟吧，一只渔篮就做成了。

下篮捕鱼时，夫妻船居多。一人划船，一人蹲在船头作业。他们预先在船上准备好要用的东西，先取一根竹竿，插在水中，在竹竿上拴一根细绳。用五六根芦苇，做成一个“V”型的苇把，把苇把的结合部拴在细绳上。取一只篮，须口儿朝外，把篮的腰部拴在苇把里。然后取些“红心苲”或者“羊毛苲”绑在苇把的两侧，渔篮就算下好了。

夏秋季节，水温和暖，苲草繁盛，正是下篮的理想时节。这时候，荷花盛开，像一片片落霞。芦苇吐缨，像一层层紫色的雾霭。蓝天、白云倒映在碧水里，白云之上飘来了下篮的渔船。渔船走过，就出现了长长的一溜竹竿，每根竹竿下面，都拴着一只布好的渔篮。装扮在渔篮两侧的苲草，在粼粼的淀水中披散开来，随着水波浮动。掩隐在苲草下面的花篮，就像是一座座幽静、华美的小宫殿。白洋淀有句俗谚：“鱼迷花篮人贪色。”人贪不贪色且不说，鱼迷花篮却是千真万确的事。不知道当初古人们是怎么发现鱼这种嗜好，发明了如此精妙的捕鱼方法，至今都令人百思不得其解。鱼的好奇心特别强，在水中游玩时，只要见到花篮，就围着转来转去，欣赏之余，就想进去看看，别的地方进不去，终于找到了“须”这个门口。“哧溜”一下钻进去了，玩腻了，再想出来可就万万不能了。

有一回，一条凶恶的大黑鱼，追赶一条小噘嘴鲢子。小鲢子知道，要是被它逮住，就被它一口吞到肚里去了。因为前几天，弟弟就是被它吃掉的。小鲢子在仓皇逃遁中，忽见前面有个花篮。说来可怜：姐姐是个“胖子”，多可爱呀，就是因为进这里边玩儿，再也没见回来。小鲢子急中生智，想了个脱身的办法，它一边跑，一边讨好地对大黑鱼说：“黑鱼爷爷，那里有个小花园，我进去玩过，美多多了，我领您去逛逛，怎么样？”大黑鱼瞪着小鲢子，龇着大尖牙咆哮：“你想耍滑头逃跑哇？”小噘嘴鲢子强装坦然地说：“我跑什么跑，我跑得了呀？我是为你好，我要是骗了你，您再吃我也不晚哪？”大黑鱼想：“这小子说的也不错，你还掉得了蛋哪？”想到这就命令小鲢子：“头里走！”

小鲢子在前面领道儿，大黑鱼在后面跟着。游着游着，小鲢子撅嘴一指说：“黑鱼爷爷快看，那就是我逛过的小花园！”大黑鱼顺着小鲢子指的方向看去，果然见苇塘边有个别致的花厅。花厅的四周围护着奇花异草，好一个幽雅的去处！要是到这里面游览一番，也算不虚此行。这时候，小噘嘴鲢子已经游到了花篮那儿，好不容易抓到了“救命稻草”，就迫不及待地从“须”哪儿里游了进去。其实凭它苗条纤细的身材，在哪儿都能进出自由，从须那儿进，是为了引大黑鱼上当。小噘嘴鲢子进了花篮，说话的口气立马就变了：“黑鱼老儿，别看你长得五大三粗的，你敢进来吗？”大黑鱼没有听出小鲢子轻蔑的口气来，也没有分析出小鲢子在使用激将法，只顾一个劲地围着花篮转，寻找着门口。有意无意地回答着小鲢子的话:“我老黑不敢进哪儿?是阎王殿咱也得进去试试!”小鲢子指着“须”说:“这才是门口，在这儿进!”大黑鱼把脑袋对正了须门，一摆尾巴“哧溜”一下钻进篮里。小鲢子见大黑鱼进来了，立刻从篮眼游出去了。回过头来冲着大黑鱼喊:“大老黑!你上当了，这回你真进了阎王殿啦，就等着挨宰吧!”说完，小噘嘴鲢子得意地吹着水泡游走了。

·拉大绠

拉大绠，是白洋淀渔民传统的捕鱼方法。用这种方法捕鱼，凭的是全员的密切配合和高超的扣大罩技术，这可不是一般人所能做到的事。如今，由于渔民生活来源的多样化，专业技术也日渐退化，驾轻就熟者已经为数不多。即使有，也起码是六十岁以上的老人了。

拉大绠需要有一整套专用设施，包括绠绳、绠杆、绠苗、管船、罩船等。

要拉大绠先做绠绳，需用白麻七十斤，玉米粒大小的石头块、砖瓦块二百五十斤。搓捻大绳时，先分为四个股拧劲，然后把上了劲儿的四个股拧在一起。合股时把预先备好的碎石块、砖瓦块包裹在麻绳里。绠绳做好后，有胳膊粗细，长七十米，重三百斤。大绠要求中间最粗最重，两头稍细稍轻。做好绠绳之后，选用大拇指粗细，一丈二尺长的小竹竿，每隔二尺一根，把根端绑在绠绳上。竹竿要绑得牢靠，位置要正，保证大绠下水沉在水底之后，竹竿能直立在水中。还要在每根竹竿的顶端，插上鸡翎或拴上五颜六色的布条，这就是绠苗。至此，一根大绠便做成了。

作业时，选择水面开阔、水底平坦、水草少的淀泊或者大河里，大绠下水时，在水中围成半圆形。把大绠两头用曳绳拴牢，曳绳分别系在两只管船的轮轴上。管就像安在井台上打水用的辘轳，辘轳是用手拧动，管是用脚蹬着转。把两只管船用铁锚在水中固定起来，渔民蹬动管，管上的轮轴旋转，不断收紧曳绳，拉着绠绳紧贴水底匀速前进。绠杆就像栽在绠绳上的小树，随着绠绳移动。五颜六色的绠苗飘摆着、抖动着，非常醒目。它的动静，报告着水中的鱼情。

渔民俗谚云:“鱼过千层网，难过一根绳。”这是为何?只因绠绳前进时，绠杆在不停抖动，绠苗在不停晃动。那鱼们疑神疑鬼，草木皆兵。既不敢浮出水面逃跑，也不敢在绠杆之间穿行。鱼在惊疑不定中就往水底钻，使劲用嘴拱绠绳，想从绠绳下钻过去，这个行动就把自己的行踪报告给了火眼金睛的扣罩人。

绠绳前进，后面紧跟着两三条罩船。每条罩船上有两个渔民，站在船尾驾船的是副手，别看他是副手，划船技术高超，动作机敏，把船驾得就像哪吒脚下的风火轮，进、退、转、停都随心所欲。站在船头拿大罩的是主将，你看他手持“爆头”(一种撑船、轰鱼用的工具）撑着船，手疾眼快，四下搜寻着鱼踪。圆锥形的大罩就架在他身边，大罩下口直径九尺，罩高一丈二尺。拿起罩来，就像是托塔李天王手托降魔玲珑塔。好罩手用眼一扫，就知道鱼钻大绠时所在的位置：苗杆有一根抖动，鱼必定在抖动的苗杆之下；苗杆有两根在动，鱼肯定在两杆之间；苗杆三根齐抖，鱼就在中间一根绠杆下面；有好几根苗杆一齐抖动，鱼在抖动最厉害的地方。有时，苗杆抖动只显示出鱼的大概位置，还要仔细观察鱼从水中吹起的泡沫，来确定鱼在水中的确切位置，然后下罩扣鱼。

四角河头有弟兄二人，哥哥张球，弟弟张圆，都是扣大罩的高手，叉头又准水性又好。一九五七年，大公社成立了治鱼专业队，张家哥俩儿是拉大绠治鱼组里的王牌罩手。一天拉大绠捕鱼时，张球驾船，张圆掌罩，与其他两只罩船一起，跟着大绠寻觅着鱼踪。突然，挨着张球弟兄的罩船，有三根绠苗剧烈抖动起来。“好大的动静！”张圆一边搬起大罩，一边指挥驾船的张球：“左前七尺！鱼在中间苗下。”张球左桨拨水，右桨加力，立刻准确到达位置。张圆举罩入水，稳中带狠，“嚓！”大罩入水，一下摁到水底。立时，大罩被鱼撞得发出“噔、噔”的响声。张圆狂喊：“哪里跑！”用全身力量压住大罩。张球见情况紧急，弃桨下水，一个猛子扎进罩中，潜入水底摸鱼。水面泛起串串气泡，漂起团团撕碎的水草，说明水下在激烈搏斗。大约过了一分钟，张球才浮出水面，喘着气大喊：“擒不住它！”说完又扎入水中。此时，其他罩船明白，张圆的大罩扣住了大个儿的鱼，赶忙过来帮助摁稳大罩，张圆腾出身来“哧溜”一声钻入水中。一条鱼，两个人在罩中上下翻滚。大约有一袋烟的工夫，张球双手抠住了鱼鳃，张圆在腋下夹住了鱼尾。真是“打仗亲兄弟，上阵父子兵”，哥俩终于生擒了这条金鳞红尾、重达七十八斤的“鲤鱼精”。

这么大的鱼，就连治鱼专业队也感到惊奇，把大鱼养在“活舱”里，送到了水产局。水产局局长异常欣喜，报告给县政府。县政府派专车把大鲤鱼送到了地区行署。当时地区行署的李悦农专员也是无比激动，亲自批示：“把大鲤鱼送到展览馆展出！”当时，张球、张圆弟兄披红挂彩戴了大红花。李悦农专员亲临现场，摆开骑马蹲裆的架势，双臂托鱼照相留影，成为轰动一时的新闻。

·车旮旯的奇遇

“一条鱼，两只眼。有的吃，没的攒。”这是流传在白洋淀地区的一句俗话。意思是说，以打鱼为生，收入只能保一家糊口，没什么攒头儿。春、夏、秋三季都好说，每天下淀打鱼，过着“一日打柴一日烧”的日子。一到冬天，冰封了大淀，河里盖了盖儿了，有多高的水上捕鱼技术，也就无用武之地了，瞧这一冬怎么过吧?

郭里口村有个渔民，除了有一套水上捕鱼的技术，还有一招冰上捕鱼的绝活儿“叉旮旯”，因为技压群芳，人称车旮旯。按照常理，车旮旯不怕过冬天。可偏偏遇上这年是个暖冬，快过年了，冰还没冻结实。淀上既行不了船，冰上也走不了人。车旮旯就算有托天的能耐，是条龙也得盘着，是只虎也得卧着，一家人只得靠赊粮、赊面吃打发日子。

腊月二十四，是郭里口村唯一的一天年集。街市上卖东西的倒是不少，家里也什么东西都缺，但没钱也是干看着。闺女哭着要花，小子缠着要炮。妻子呵斥着:“放屁，过年还没着落儿呢，还尽想外快?”正说着，粮面铺里的掌柜要账来了，直把土炕上的光板席拍得山响，尘土飞得老高，说:“你家就算粮食钱给不了，也得先把面钱给了哇? 猪钱不给羊钱不还的，你家打算绷（bēng，方言，骗财物。）了呀？”车旮旯把脑袋都耷拉到裤裆里去了，表现出一个壮汉的极度耻辱和无奈。这粮面铺掌柜小时候吃过车旮旯母亲的奶，直到老母出来，好说歹说，总算暂时解了围。一家子晚上也无饭可做，囫囵着躺下了。肚里没食光愁肠，两口子你嘘我叹地唱了半宿苦戏。

腊月二十五傍明子，忽然窗户纸哗哗地响起来，妻子说：“好像起了风了。”车旮旯“噌”地坐起来，听了听外面的动静说：“是起了风了，风还挺大，开门风，刮到掌灯。这风一停，冰就冻结实了。今天我赶紧做个旮旯，明天就能上冰叉鱼了！”心中有了希望，两口子赶紧起来。妻子说：“村东的面铺咱是赊不出面来了，我到村西面铺去看看吧？”车旮旯没言声，只是闷着头封旮旯。

一天的东北风，把水村刮得像座冰窖，透骨的寒冷。傍黑儿，冷风骤停，天气响晴，寒星点点，闪烁着冰冷的光。车旮旯夫妇躺在被窝里，能听到淀冰冻得“嘎啦啦”直响。车旮旯说：“加凌呢，明天真能趴旮旯叉鱼了”。两口子满怀希望地睡着了。

腊月二十七，妻子用赊来的面早早地做熟了饭，车旮旯吃了。把旮旯、凌枪、大五股鱼叉等渔具放在冰床上，撑起冰床来到淀中。一路观察着地形，来到一个三岔河口。车旮

旯四下看了看，心想:“这地方水面大，又透流，过往的鱼少不了，叉住一个，个头就小不了。”想到这儿，车旮旯停下冰床，选了个位置，用凌枪打了个冰窟窿。把里面的碎冰捞出来往下一看，淀水清澈见底，水中荇草鲜嫩，很满意。拿起旮旯来，扣在冰窟窿上面，大小正合适。这旮旯是用芦席片封成的，形状像一口老式的大铁锅，一边儿有个豁口。车旮旯趴在旮旯上，把头和手臂放进旮旯的豁口里，把鱼叉准备好，再用一块破棉被盖在头顶上，遮住阳光。水中的情景就看得更清楚了。哪怕有条一寸长的小鱼游过，也逃不过叉鱼人的眼睛。

车旮旯肩负着全家人的命运，把希望都寄托在一双眼睛和手中的鱼叉上。静静地趴在旮旯上，一动也不动，冬日的寒冷已经忘却，只顾屏息凝神、目不转睛地观察着水中的动静。他知道:“河里的鱼儿，待不得戚，这充其量也就是碰碰运气。”大约过去了一个时辰，正当他实在维持不了僵硬的姿势，想动动身体的时候，惊慌逃窜似的游来一群鱼。这群鱼，最大的也就一斤多，对于他的需求来说，简直是杯水车薪。车旮旯控制了自己的冲动，放它们过去了。紧接着，只见水草晃动起来，随后有两条“黄鳝”游来，车旮旯自叹命苦：早知如此，还不如刚才挑大个的叉一条，一家子吃顿熬鱼呢！正在胡思乱想，冰窟窿里出现了一颗“七印锅”大的鱼头！车旮旯看得清清楚楚：是条大鲇鱼。这时明白了：刚才逃窜的鱼是被它追的，那两条“黄鳝”原来是大鲇鱼的两条口须！说时迟，那时快，车旮旯个儿大、力猛、叉快。狠劲一叉，攮(nǎng)进了大鲇鱼的脖根轴子。车旮旯血往上涌，调动起全身的力气，把鱼摁到水底泥中。大鲇鱼痛不欲生，剧烈挣扎，一把粗的叉杆竟被它拧开了裂，“嘎嘎”直响。正在危急的时刻，冰上走来孤庄头村三个叉旮旯的渔民。车旮旯急忙喊：“老伙计们！快来帮帮我。”三个人提叉相助，四把鱼叉共同把鲇鱼钉住。大约过了一袋烟的工夫，鲇鱼力气渐微，四把鱼叉共同用力，把它挑出水面，拖到冰上。大伙儿都惊呆了：“老天爷，这辈子也没见过这么大的鱼，都成了神了！”大伙儿帮车旮旯把大鲇鱼装上冰床，一丈二尺的冰床放上大鲇鱼，尾巴还拖在冰上。

车旮旯把大鲇鱼直接拉到收鱼店。鱼行贩儿王九出来一看，惊叫起来：“我老天奶奶，你把淀中的王请来啦？这么大的鱼我发给谁呀？再说，今儿都大年二十七了，卖鱼的都关了张了。”车旮旯呆看着王九，心想：“八成那‘货到街头死’的话儿真就让我遇上了？”车旮旯这人憨厚，平时到店里卖鱼从不讨价还价，分量大小也不计较，王九真想帮帮他的忙，忽然一拍脑袋门子说：“这么着吧，明天大年二十八，是城里今年的最后一个集了，我帮你到集上卖去。”

腊月二十八，车旮旯用冰床撑着大鲇鱼，王九也撑个冰床，冰床上放着秤、刀、包肉的荷叶等应该用的东西。冰床的速度快，一会儿就到了县城东关。他们雇了辆小拉车，围观的人们七手八脚帮忙把大鲇鱼装上车，直奔城里小南街。一路走，看“稀稀罕儿”的越聚越多，简直就像一支游行的队伍。

在小南街集市上，王九如鱼得水，吃得开叫得响。借来一副肉杠，见了稀罕物儿，有的是人愿意凑趣帮忙，大家七手八脚地把大鲇鱼挂在肉杠上，看热闹的围了个里三层、外三层。安排妥当就开秤，像卖猪肉那样零刀割着卖，价格比猪肉还贵一倍。常说“有福之人居住在大邦之地”，城里有的是有钱人，这百年不遇的奇鱼谁不想尝尝鲜儿？王九割肉，车旮旯收钱，忙得满头大汗。时间不长就卖完了。

有了钱，就着赶个年集。把年货买了个全套儿，闺女想的花儿、小子要的炮都买了。还给老母亲买了新帽子，又给妻子买了新棉鞋。算了算，剩下的钱除了还账还有剩头。王九说：“车旮旯，你小子这个年算是过肥丰了！”车旮旯说：“多亏了你了，这么着吧，过了年，从初三到初五，我请你连喝三天酒！”说完，车旮旯憨憨地笑了。原来，车旮旯还有这么灿烂动人的笑容呢！

·淘埝子

说起淘埝子捕鱼，你可能会说：“这种法儿我也会，小时候干过。”知道你干过，不过你玩的那种淘埝子，叫“淘干儿”。就是打个土埝儿，围上片水面，和小伙伴们撅着光屁股，用脸盆、水桶淘起来。把水淘干之后，踩着泥沼拾鱼，拾起来的鱼浑身是泥。再看看伙伴们和自己身上，也成了泥人儿。累死累活大半天，淘了半盆鱼回来向大人们邀功，不料却挨了一顿臭骂。这种淘埝子只是“小儿科”，咱们要说的淘埝子，比你那高级多了。

涨水的年头，淀边上、洼地里都有了水了。对以农为业的人们来说，傻了眼了，他们望洋兴叹：“坏了！又种不上庄稼了。”与此相反，以渔为生的人们乐了，拍着巴掌说：“好！这水势正好淘埝子，明年盖房、娶媳妇有了谱了！”

俗话说：“有水就有鱼。”白洋淀就是这么个神奇的地方。谁都纳闷：水来的时候，也没见带来多少鱼。可过了一程子，竟然生出这么多鱼来！这时老人们会说：“鱼是草籽变的，那散在河里的草籽，一见新水就都变成鱼了。花儿秸籽变鲫瓜，芒子籽变鲂鱼……”也有的说：“千年的鱼子，万年的莲子。鱼子千年不死，单等着一见新水，就变化成鱼了”。从小就上学，又遍查书籍，却从来也没找到这些说法的根据，可以说是无从考证了。可现实就是现实，只要一来新水，鱼就多得出奇。古语说得好：“水是田畴，鱼是籽粒。”要不从古到今，渔民都把捕鱼叫“打河田”呢。只要一来水，渔民就有了希望：预示着渔业该大丰收了。

要淘埝子，先得打埝子，打埝子之前先得选地。选地时，一看地势，二看水势，三看鱼情。地势以平地为好，如果地不平，鱼会存在坑里淘不干净。埝子要是选址在有一面、两面是堤坝，或者旱地更好，打埝子不就省事多了？再看水势，水的深浅程度，在膝盖以上，大腿根以下为好，渔民的行话叫“蹲裆深”。因为水再深了不好打埝子，再浅了存不住大个的鱼，光淘点“小鲫瓜”“小麦穗儿”，既不出分量又卖不上价去。看鱼情，是看这片水是死水还是活水。活水鱼多，死水鱼少。还得看水中长的什么苲草，苲草鲜活，鱼多个儿大；苲草烂根、水垢多，鱼少个儿小。还有什么苲草存什么鱼等，这里头说道多着呢！

选好了地就该打埝子了，渔民的行话叫“扶埝子”。打埝子不光是个力气活，还得有技术。要争取用最少的土方，在水中扶起最结实的埝子来。站在水中用锨挖水底的泥土时，锨别出水，把挖起的泥土顺势放在埝基上。一边放一锨，再当中放一锨。这活儿是在水里“摸”着干，眼睛是看不见的。

外行人打埝子，一锨泥土端出水，被水冲没了。泥土在水中乱放一通，和了泥了。埝子刚堆得出了水，又瘫了，白费了力气。即便埝子出了水，遇上风天，被浪头一涌，又塌了。反反复复老弄不好，被“埝子头儿”看见了，会呵斥道:“回家抱孩子去吧，你媳妇叫你呢！”得！这是下“驱逐令”呢，你算吃不了这行饭了。

用埝子围起来的面积可大可小，几亩，几十亩，甚至一二百亩都行，根据地形、水深、鱼情而定。扶埝子时，先不要完全封闭起来，要有计划地留几个豁口，为的是先不惊动埝子里的鱼。

一切准备工作都完成了，淘埝子逮鱼还要分步进行。先“封埝子”，把扶埝子时留下的豁口全部堵死。这时候，埝子里的活水被封闭起来，成了死水。由于埝子里的水不再透流，水中的氧气越来越少，鱼就越来越觉得憋得慌，情绪急躁，就顺着埝子边儿游动，想寻找出去的路。鱼们先后都有了同样的感觉，就不断加入这支“长跑”队伍，看那埝子边上，就像体育场上的圆形跑道一样，成了“全鱼跑步运动场”。渔民们见此情景会高兴地说:“看那！鱼被‘憋转啦’！”

鱼们顺着埝子边转啊转，总也找不到出去的路。太阳把埝子里的水都晒热了，这个环境变得越来越不适合鱼的生存。它们就把嘴探出水面，呼吸点儿新鲜空气。每探一次头，都在水面激起一个小水圈。那么多的鱼都探头，还有的鱼干脆就把嘴露在水面上，吧嗒着嘴喝甜水。水面上就显现出一圈一圈的涟漪，相互交织着、荡漾着、聚散着。来看鱼情的渔民就兴奋地把这消息告诉伙伴们:“埝子里的鱼开始‘拍连花’了！”这时候，埝子班里的头儿，会吐出嘴上叼着的烟蒂说:“嗯，该准备出鱼了!”

埝子里的鱼一开始“拍连花”，这就该开“鱼道”了。观察埝子里的鱼爱撞哪个角，也就是看哪里聚的鱼多，就在哪里开鱼道。在埝子边上，挖个能让水流出来的小水沟，这水沟有一锹多宽，一尺来深，掌握着埝子里的水流出来时，沟里的水深有二寸左右。水沟要求两壁平整，底面干净。在埝子和鱼道连接处的水底，墁上一块木板，这叫“上瓦门”。木板周围用胶泥抹得光滑整洁，防止流水冲动泥土，把鱼道里的水染浑浊。开出的水沟一直延伸到二三十米远处，在下口底部也墁一块木板，叫“下瓦门”。下瓦门比上瓦门地势要低一些，以便水和鱼能够流淌出来。在下瓦门下边，挖个一米多深，“腰葫芦”型的坑，在坑的腰部截上一块苇箔。前面的坑里放一只筛子或者鱼篓接鱼，后面的坑是往外淘水的地方。

一切准备就绪，就开始淘水接鱼了。下瓦门这边的坑里一往外淘水，埝子里的水就源源不断地通过鱼道儿流进坑里。鱼们以为这里是出口，就跟着水流鱼贯而行。鱼道儿里的流水只有一寸多深，小个儿的鱼勉强能平卧着游进，大个儿的鱼平卧着游不了，为了尽快摆脱困境，就侧着身子奋力向前游。这时候，那被水流冲刷干净的鱼道儿里，水裹着鱼涌过水沟儿，流进坑底的筛子里。鱼被筛子接住，接满一筛子，再换个筛子。水从筛子里流到后坑里，被不断地淘出去。如果鱼多，鱼道儿里鱼比水多，前赴后继，源源不断，都被渔民收进鱼篓里。河田好的时候，一天能淘几百斤，甚至上千斤鱼呢！

·下卡

用下卡的方法捕鱼，在白洋淀很普遍。有专业的，有作为副业的。还有的把它当作小菜园儿，下上一泡儿卡，只为了逮菜吃。

专业下卡的是“卡船”，卡船是个流动的家。船上有木楼子，木楼子里面是船舱，里边放着被子、褥子、枕头，是个小居室。木楼子顶上是个平台，可以坐着说话儿、干活儿。船后梢上有小“锅腔儿”，后舱里准备了米、面、油、盐、酱、醋等，一应俱全，可以做饭，一家人就生活在船上。船上备有各种卡：有早晨下，下午倒的卡，这种作业方法叫“白日捞”，适合白天下的有厚鱼卡、黄瓜鱼卡等；还有今天傍晚下，明天早晨倒的卡，适合这种下法的卡有鲤鱼、鲫瓜、鲂鱼卡。“卡船”顾名思义，一天到晚不是下卡就是倒卡，要不怎么说是专业的呢？卡船白天在淀中捕鱼，傍晚到鱼市卖鱼，卖完鱼挨着晚市做饭、吃饭，为的是买东西方便。吃了饭就把船划向淀中，找安静、避风的地方休息去了。卡船，就是个水上漂着的家。

把下卡当成副业的家儿，家庭主要成员都有别的事做。有务农的，上班的，顺带着拴上几泡卡，反正也耽误不了整工夫。白天，家里的闲人、老人、孩子们就把卡嵌好了。下了工就划船把卡下上，第二天起早把卡倒上来。捕的鱼用不着到市上去卖，半路儿上就被鱼贩儿接走了，直接把钱带回了家。别小看了这几泡卡，要是河田好，比上班挣的钱还多呢。

把下卡当“小菜园儿”的家就不用说了，嵌上泡儿卡，晚上扔在河里，早晨倒上来，只当是锻炼锻炼身体。可这种锻炼是有收获的。逮得少，一家子熬着吃，吃腻了就送人，说白了，也是“投之以桃，报之以李”的事。要是自己不吃，也不送人，就也卖点儿钱花呗。

大家之所以都喜欢下卡，就是因为这种捕鱼方法简单，谁都可以做。再就是投资小，收益大，何乐而不为呢？

下卡逮鱼和钓鱼的原理是相同的，都是用鱼饵引诱鱼来上当。只不过钓鱼是用鱼钩，下卡是用“卡头”。卡头是把一根竹签的两头削尖，把两个尖儿捏在一起，套上个草箍，草箍里嵌上鱼饵。鱼一吃，咬断了草箍，竹签就弹开了，正好把鱼嘴绷住，鱼还跑得了吗？这根竹签就叫卡头。所以，要想拴卡得先削卡头，把竹子上长的丫丫杈杈修剪下来，剁成一段一段的，叫“卡坯子”。根据卡头需用的粗细，把卡坯子劈成竹篾状，削光溜儿，再根据所需卡头的长短，把它断开，两头削尖，整个卡头像个枣核钉的模样。中间部分的内侧削薄一些，把两个尖儿捏合起来，一松手就弹开，这卡头就合格了。卡头的大小，当然是根据鱼嘴的大小而定。逮黄瓜鱼，卡头有半寸多长就行。逮半斤左右的鲫瓜，卡头得有一寸来长。要是逮六七斤大的厚鱼，卡头至少得有二寸长了。一泡卡上拴的卡头都是一样的，基本上逮一样的鱼，没有一泡卡上拴各种卡头，什么鱼都能逮的先例。

削好卡头，就拴“口线”。就是在每个卡头的“腰”上，拴上一段儿半尺来长的线绳，叫口线儿，然后把口线的另一头儿，每隔三尺左右，拴在一条几十米长的干线上，这就是一泡儿卡。

卡拴好后还得“槲（hú）卡”，槲卡得用槲皮，槲皮是槲树的皮。买来槲皮放进锅中，添上水，把拴好的卡放进去，烧火煮，开锅十分钟之后取出来，涮干净就行了。因为槲皮有胶性，能保护卡线不怕水泡，不粘连，好嵌好下。再有，卡线被槲皮染成了红褐色，在水底有隐形作用，鱼们会放胆来吃卡食。

槲好卡，就该“嵌卡”了。盛卡的容器叫“浅子”，有苇编的，也有柳编的，形状就像个大盘子。把嵌好的卡顺顺溜溜地放在浅子里。逮什么鱼的卡，就嵌什么食饵，是人们世代相传摸索出来的经验。厚鱼卡，用皮条草剪成草箍，草箍里嵌上新鲜的芦苇叶或马班草。把卡头的两个尖儿捏在一起，用嵌了草食的草箍套在卡头尖部，就算嵌好了一个卡头。就这样把一泡卡的卡头都套上箍，嵌上鱼饵，卡就算嵌好了。要是鲫瓜卡就嵌面食，面食的做法是：把和好的面擀成薄饼蒸熟，切成比大米粒稍长一点儿的面钉，晾干之后就可以使用了。嵌卡时，用软芦苇剪成草箍，把卡头的两个尖儿捏在一起，套上草箍，草箍里嵌上一颗面食。逮各种鱼嵌卡的方法都一样，只不过所用鱼饵不同。鲤鱼卡嵌芒大麦，鲂鱼、鲢子卡嵌小鱼、小虾，等等，就不再多说了。

卡嵌好了就该下了，下卡之前先看地，什么样的地儿逮什么鱼都有说法。比如下厚鱼卡，有经验的渔民看“咬口”。在苇地边、河道旁，厚鱼吃食时，在芦苇、马班草的叶子上留下了牙印儿。从鱼的牙印可以判断出这里大概有多少条、多大个儿的厚鱼出没，下卡时就可以针对鱼情，有的放矢，收获当然也就非同一般了。

下卡一般是两个人配合，一人划船，另一人把卡线倒在水中。一边下卡，手中还攥着鱼食，不断撒在水里，行话叫“撒食”。水中的鱼见食就吃，吃着吃着就把带卡头的食吃了，撒鱼食的目的就是诱鱼上卡。

下卡技术高的人会“扎卡”。水中苲草多的地方鱼也多，可是卡下在苲草上，卡食入不了水，鱼也就吃不到，就做了无用功。会扎卡的用一条竹片儿，把一头削出两个尖儿来，像个小叉子，叫“扎签儿”。一边下卡，一边用扎签儿把卡头扎进水中一尺左右。能够扎得又稳、又准、又到位，不影响下卡的速度，这样的扎卡技术算是出神入化了。

一般是傍晚下卡，第二天早晨倒卡。倒卡时，要准备两件渔具：一把长柄的小镰，一把抄鱼的回子。开始倒卡了，谁下的卡，谁做着记号，防止倒卡时找不到头儿，也防止错倒了别人下的卡。在起头儿下的那儿，插上根竹竿，或在水草上结个扣儿，总之能找到自己下的卡就行。拾起卡线的头儿来，就慢慢往浅子里倒。倒卡时，不要把卡线攥得太紧，防止上了卡的鱼被突然惊动，猛力一撞，把卡在口中的卡头拽出来，鱼就跑了，那得而复失的滋味还不如不逮呢！还有那烈性的鱼，你一倒卡，它警觉起来，非得撞几头。遇到这样的鱼，要有耐心，它撞一头，就放它一马。再撞一头，再放它一马。等它没劲儿了，再慢慢倒卡绳，倒到鱼快出水时，左手攥着卡绳，右手拿回子一抄，就把鱼捉住了。下卡的渔船一般都开着“活舱”，把捕上来的鱼放进活舱里，多长时间鱼都是活的。

有的鱼上了卡，鱼嘴被卡住，失去了自由，非常急躁。在水中来回地冲撞，把卡绳和苲草缠在了一块儿，叫缠了“撮子”，卡倒不动了。这时，取长柄小镰，伸到撮子上轻轻一削，苲草断了，就可以继续倒卡抄鱼了。

下什么卡，逮什么鱼是个常规，但有时也会出现意外的收获。比如下的鲫瓜卡，卡上逮了个三四两的鲫鱼，这时有个饿极了的大鲇鱼、大鳜鱼路过，莽莽撞撞地一口就把鲫鱼吞下肚里去了。可这鲫鱼是上了卡的，谁吞下去就逮了谁，想跑跑不了，想吐吐不出来，活该它倒霉。人常说：“河里没鱼市上看。”鱼市上什么样的捕鱼新闻都有。经常碰见有人津津乐道地炫耀着：“我下鲫瓜卡，今儿拽了个六斤多的大鳜鱼！”好家伙，这一条鳜鱼不要紧，让他今天的收入翻了两番！怎么会不乐癫了呢？

·捞清网

每到涨水季节，河里有了水流的时候。渔民就在河道两边的苇地旁边，搭起一座一座幽雅神秘的小屋子。小屋子里面暗藏着一套“机关”，这就是“捞清网”的设施。

清网，是单人捕鱼设备。布设清网时，在岸边一侧选好的地点，把一丈见方范围内的水草清理干净。以竹篙做四角支撑，用结实的网片围成一个方形窝子。窝子网用铁链子做下脚，压进河底泥中，以增加窝子的抗撞强度，兼有防止鱼从网下钻逃的作用。在窝子朝向大河的一面，留个一尺来宽的门口，门口挂一块能够提起和放下的帘子。窝子网高于水面一尺左右，在窝子四个角各打下一根木桩，高度和窝子网持平。木桩之上用木板搭个平台，人可以蹲坐在上边，观察水中鱼的动静，到时候用回子捞出游进窝子里的鱼来。平台上面，用苇箔和芦席搭个能够遮阳、避雨的棚子。遮阳是为了视觉清楚，看得见水底情况；避雨是为了在风雨天气也能捕鱼。窝子的整体结构，就像一座上下两层的别墅。上面一层在水面之上，下面一层是“水下室”。然后在窝门子那儿引出一条拦河网直达对面陆地，以拦住游鱼的去路，逼它顺网而行，游进窝子。最后一道工序是在窝子周围进行环境绿化，一般采用皮条草、马绊草栽在窝子四周，这种草即栽即活，能很快恢复生态。再者，这都是鱼喜见、喜食的水草。至此，捞清网的全部设施即告竣工。

捕捞开始。渔民独自一人，坐在环境寂静幽雅、空气清

新凉爽的神秘“别墅”里，观察着顺拦河网游过来的鱼。等它们游进窝子，就放下帘子，把鱼关在窝子里。然后拿起回子，把鱼抄住，收入囊中，既轻松又过瘾。捞清网主要捕捉那些误入“白虎节堂”的草鱼、鲤鱼，逮住一条就至少有二三斤重，很有成就感。看那“守株待兔”的渔民，燃一支卷烟、饮一口烧酒，享受着渔家之乐。

一九五七年，安新县赵北口乡杨庄子村的围栏养鱼规模不小，为进一步扩大生产，在全保定地区“放卫星”，举全村之力，在外地购入了五条草鱼、鲤鱼的种鱼，个体重量都在二十斤以上。不料运输船在大清河里出了事故，五条种鱼全部跑光。这在当时来说，可是重大损失。为此，杨庄子村召开了党支部会议，讨论如何挽回损失，最后想了个“死马当活马治”的办法：在附近渔村贴出告示：谁能捉住一条种鱼，奖励现金二十元！条件是“要活的，不能伤鳞”。当时的二十元钱，对小家小主来说，可是够诱人的，相当于一个职工一个多月的工资！不过，这可是大海里捞针、可遇而不可求的事，看鹿死谁手吧。

何庄子村有个老渔翁叫何双托，他的清网就设在大清河里。这天正在清网铺里蹲守，忽然看见有几条大鱼顺着拦河网群游而来。不一会儿，领头的大鱼游进了窝子，“好大的个头！”何双托屏住呼吸沉住了气，没有放“帘子”。正当头鱼在窝子里愣怔着的时候，其他鱼也鱼贯而入！“一、二、三……”何老汉心里狂跳着数到“四”，已经按捺不住急切的心情，又怕大鱼们回游出去，就果断地放下了帘子，然后来个“瓮中捉鳖”，一共捉了四条大鱼。杨庄子村的干部们闻讯赶来一看，正是那些跑掉的种鱼，只少了一条，一线希望竟然变成了现实！现场决定：从重奖励现金一百元。

何双托发了大财，总在清网铺里喝得醉醺醺的，连着好几天也没开张。

·下虾盘

下虾盘是捕虾的方法之一。由于这种捕虾方法简单、有趣，还有可观的收获，所以成为孩子们的最爱。星期天、放学后，村边、河旁到处是下虾盘的孩子们。这活儿不看不上心，不试不上瘾，只要一干，就一发不可收。试想：每倒一次虾盘，里面都有人见人爱的大虾；餐桌上，多了一盘亲手捕捉的红澄澄、油渍渍的河虾，用刚出锅的白面饼一卷。那味道，那感觉，没有亲身经历的人是体会不到的。

想吃河虾，先做虾盘。原料可以就地取材，用竹篾也行，较粗的铁丝更好，弯成一个或大或小的圆圈，把接头绑牢。再把网片也好，蚊帐布也行，裁下比圆圈稍大的一块，缝在圆圈上，做成个圆形的“盘子”。然后，在把圆圈分为三等份的三个点上，各拴上一根绳子，把三根绳在距离盘子一米高的地方结在一起，绑在一根五六尺长的竹竿的一端。攥着竹竿的另一端，把盘子挑起来试一下，盘子是平的，一个合格的虾盘就做成了。如果虾盘圈是用竹篾做的，需要在竹圈的三个平衡点绑上三块瓦片，好让虾盘能够沉到水底。如果是铁圈，就用不着这道工序了。做多少个虾盘，根据你的需要而定，最少一个，最多二十个。在二十个以内，虾盘越多，捕的虾也越多。超过二十个，你就忙活不过来了。

虾盘做好，就该下水捕虾了。下水之前，别忘了在虾盘当中拴一块饵食。一般是把一条臭鱼扁着割成两片，一个虾盘里拴一片就行。当然，鲜鱼更好，只是太奢侈了。

虾盘下水，要选没有水草的地方，为的是虾盘能够沉到水底。如果四周有水草，中间有个能放下虾盘的窝儿，是最理想的位置。下好虾盘，不能马上就倒，要等一段时间，一般间隔五六分钟倒一次。时间太短，虾还没有进盘。时间太长，虾饱餐一顿走了，就白给虾们开了“饭店”了。下虾盘的孩子们，为了控制急于收获的心情，大都采取数数的方法。从一数到一百就倒一次。当然，你如果有二十个虾盘，挨个来回地倒就行了。

每到农历的三、四月间，天气暖和了，村边、河旁就热闹起来。下虾盘的孩子们，倒起虾盘来，如果逮了个大公虾，就兴奋地喊："一位！大夹夹！"因为那公虾长着一对大钳子。如果是个母虾，就喊："一位！大籽儿！"因为那母虾"怀了孕"，腹部长满了虾卵。要是倒起虾盘来，里面既有公虾，又有母虾，还有"二驹"(中个的虾）和小虾，就会兴奋到极点地连续高喊："一家子，一家子！全位！"这时，连跟来的弟弟妹妹也撅着屁股，捉着跳到地上的虾，双手捧着，放进养虾的水盆里。然后蹲在盆边久久地看，忍不住清点着收获："一、二、三……"这时哥哥会沉下脸来呵斥："不准数数！一数就逮不到了。"这是白洋淀人特有的迷信说法，然后又命令："把'二驹'和小虾放了吧！让它们去报信儿。"希望中虾、小虾回到河里去下"通知"，说明此处"优待俘虏"，让那些"大夹夹、大籽儿"赶快来这里集合。

鲁迅在《故乡》里有对虾的描写："虾是水世界里的呆子，决不惮用了自己的两个钳捧着钩尖送到嘴里去的……"的确像鲁迅说的那样，那憨憨的虾从不接受前虾被捉的教训，总是前赴后继，慢悠悠地游进虾盘。不过，这时一定要保持环境安定，倒虾盘时要轻手轻脚，保证虾盘匀速出水。否则，虾一旦受到惊扰，会把身子用力一蜷，凭借尾巴的有力推动，一下就退遁得没了踪影。

虾越捉得快，捉得多，就越令人贪心不足。直到月上树梢，水中出现了更加新奇的情景：有一种能发光的虾，白洋淀渔民叫它“火虾”。你悄悄在虾盘旁边看着，在清如水晶的淀水中，火虾三五成群，像一盏盏小红灯笼进了虾盘，此时不倒，更待何时？晚上的虾更爱吃食，更容易捕捉，谁还舍得回家呢？

月将中天，谁的奶奶、妈妈找到河边来了。有劝的、也有骂的，大家才纷纷罢了手。把收上来的虾盘摞在一起，哥哥端着。弟弟妹妹们端着半盆活蹦乱跳的大虾，雄赳赳地回家报功去了。

·猎捕鸟禽

白洋淀有广袤的苇田，无垠的水荒地，很多地方终年人迹罕至。野生鸟禽能在不受干扰的情况下生存和繁衍。淀水中有捕食不尽的鱼虾；沼泽中繁殖着各种底栖、浮游生物；还有丰茂的水草茎叶、籽实，等等。白洋淀为野生鸟禽提供了丰富的饵料，成为它们理想的栖息、繁殖、迁徙、越冬场所。

据有关部门的野外调查：白洋淀目前分布着鸟类192种。其中夏候鸟78种，留鸟19种，旅鸟88种，冬候鸟7种。属于国家一级重点保护的鸟类有：丹顶鹤、白鹤，大鸨、东方白鹤等。

目前，白洋淀鸟禽的种类虽不算少，但各种水禽的数量已大不如前。仅就大雁、野鸭、鹘丁、灰鹤、黄鹤等几种水禽的数量来说，与解放初期相比，已经缩减到非常可怜的地步。

过去，每至春、秋之际，白洋淀上那大雁、鹘丁、野鸭如期而至。飞起来时遮天蔽日，落入水中满淀皆黑。老年间，康熙、乾隆皇帝多次亲率水军，到白洋淀打水围不说。就是解放初期，水乡渔村还都有专业猎户，以捕获水禽为生。他们的捕猎工具主要有：大枱杆儿、火枪、鸭子网等。

“大枱杆儿”是轰击水禽的特制火炮。两支大枱杆儿为一组，一门“公炮”，一门“母炮”。大枱杆儿长一丈有余，炮管口径将近二寸。大枱杆儿安装在专用的船上，叫“枪排子”。这种船底面平，船身直，吃水浅，行进起来悄无声息。船上专门设计了炮架，公炮水平安放，母炮的炮口稍稍扬起。火炮后部有木质炮托，炮托固定在船上，防止开炮时的“后坐力”伤人。炮管根部有火门儿，是点燃大枱杆儿的芯子。准备发射时，先在大枱杆中装上适量的火药，再填装上铁砂。

用大枱杆打水禽，一般是几只枪排合击。枪排队发现有成群的水禽在水面上觅食，猎手们就各自准备，天寒水冷，就穿上防水裤，下水推船，把枪排队伍调整成弧形阵，对水禽形成半包围态势。每人点燃一根“鼎香”(比较粗的线香）作为引火之物，夹在耳朵上备用。枪排队掩行到距水禽射程之内，首领就高声发令:“开火！”水禽们被喊声惊动，纷纷振羽而飞。与此同时，猎手们听到命令，从耳朵上取下鼎香，点燃公炮的火芯儿，引燃火药，催发铁砂，无数铁弹从炮口喷发而出，形成一个个扇面弹群，直击刚刚起飞的水禽。公炮击发，引燃了母炮，这叫“老公刺老母”，母炮随即击发，火网直扑已飞起五、六尺高的水禽。大枱杆儿双发连击，水禽纷纷中弹落水。也有中弹的水禽，由于未中要害，带伤飞窜。猎手们从枪排上拿起已经装好弹药的猎枪，瞄准飞鸟射击，击落逃窜的水禽。一阵枪炮声响过，猎手们划着枪排，捞起中弹的水禽，硝烟弥漫的“屠场”之上，充满了歌声笑语。

深秋的一天，烧车淀上水雾迷蒙。淀西大张庄村九只枪排，淀东郭里口村七只枪排，不约而同，都在拂晓时进入淀中，看中了同一片野鸭。好大一片野鸭！寂静的大淀之上，只能听到鸭群浮水，拧食苲草的响声。互不相知的两支枪排队，从不同方向下水推船，悄无声息地向鸭群聚拢。双方都只能影影绰绰地看到野鸭群，却全然不知已对野鸭形成了合围之势。当枪排队进入最佳位置，只听一声“开火!”也不知是哪方首领发出的号令，十七只枪排的三十四门大枱杆儿一

齐开火，铺天盖地的火网笼罩了鸭群，响声惊天动地。双方猎手大吃一惊，摸了摸脑袋还在，就不管三七二十一，抢捞着满淀的水禽。双方的枪排都装满了，水中还漂着好多猎物。双方领头的见了面还开玩笑呢：“我说姓张的，你他妈真是个苶（nié，方言，痴呆）大胆儿呀，吓了我一脑袋头发！”那个回答：“老赵叔，你也是要鸭子不要命的主儿，这回我婶子险一险守了寡！”豪迈的笑声呼出了冬升的旭日，驱散了晨雾，两支枪排队伍都满载而归。

“大淀里响了枪啦！”每当听到大枱杆儿的轰击声，在淀里干活的，甚至附近村庄里的年轻人，都禁不住停下手中的活计，相约着到猎场“赶伤鸭子”，任凭老人们怎么喊也阻拦不住。由于大枱杆儿轰击的面积大，野禽中弹后伤情不一，有很多水禽还能浮、能飞，只不过浮不太远，飞不太高，四处逃窜得哪儿都有。捞外快的人们如蜂而至，几个人合驾一条船，有划桨的，有撑船的，船行驶得飞快。多少只船在大淀上追逐着、呼喊着，还有的年轻人，不怕天寒水冷，脱个光腚跳入水中，游着泳追赶水禽。那热闹的场面就不用提了。很多船上都得了战利品，没有捉到的也不懊悔，玩得败了兴，回家一块儿收拾野味，喝酒去了。

有的猎人没有大枱杆儿，喜欢单独行动。驾一只小舟，船上备有两支猎枪，用皮囊盛着火药，用铝壶装着铁砂，他们一般都身怀“截飞”绝技。撑着小船儿，在芦苇荡、水荒地里悄无声息地穿行，搜寻着大雁、野鸭、鹘丁等水禽的窝巢。空窝会有野禽来下蛋；有蛋的窝野禽会来孵窝；有雏鸟的窝野禽会来喂食。野鸟们由于生儿育女的天性，一旦飞回自己的窝巢，就会突然发生枪响鸟落的惨剧。一只归窝的水鸟被击落之后，水禽夫妇的另一半，就“大难来临各自飞了”。猎人捞起死鸟，又直奔它的窝巢，捡起窝里的鸟蛋，在水中“漂”一下。鸟蛋要是沉底，就收入篓中；要是漂在水面，说明蛋里已经有了“儿子”了，就顺手丢弃；要是窝里有雏鸟，也带回家。总之，水鸟的一家便从此妻离子散，家破鸟亡了。也不怪猎人残忍，他们也是为了自己的妻子儿女呀？鸟蛋可以煮给孩子们吃，雏鸟可以让孩子们把玩儿。孩子们非常喜欢雏鸟，用绳子绑上它的腿拉着玩儿，出于爱惜，掰开雏鸟的嘴喂食。不过雏鸟从不接受这种爱怜，终因不吃不喝而自毙。不过，即便猎人把鸟蛋或雏鸟留在窝里，也会被猛禽或水蛇吞食掉，怎么也难逃悲惨的结局。

春初、秋末的傍晚，猎人埋伏在芦苇、荒草丛中。时而喝口烈酒，抵御着淀水之上的晚寒，他在等待着择偶的灰鹤、黄鹤。那些因种种原因失偶的鳏寡鹤鸟，就失去了加入群体的资格。春初，希望成双搭窝产卵；秋末，需要成对加入鹤群迁徙。它们怀着一线希望，在淀水的上空盘旋，发出凄凉的求偶叫鸣。隐蔽在淀水上的猎人，听到叫声能分辨出是只公鹤还是母鹤，随即发出含情脉脉的应答，意在告诉对方："快来吧，你要找的伴侣等着你呢！"猎人学鹤的叫声惟妙惟肖，完全能够以假乱真。飞鹤听到温情的应答，放慢了速度，循声而来，求爱之心使它不顾一切。猎人突然举手一枪，飞鹤应声而落，做了爱情的殉葬品。

野鸭、鹘丁都是杂食水禽，喜欢潜水啄食水底的小鱼、小虾、小田螺等，也喜欢吃苲草的嫩芽。淀上有专门用网捕捉野鸭、鹘丁的猎人，他们在水禽喜欢出没的地方，把网张在水中。野鸭、鹘丁都是成群结队地觅食，一会儿浮在水面，一会潜入水中。不知不觉，一头扎入了猎人布下的网眼儿。前进不得，后退不能，常常是一个"班"、一个"排"地被集体俘获。这种捕获水禽的方法叫"划网"。

价值越高的动物也就越危险，人常说"宁吃飞禽四两，不吃走兽半斤"。一只大雁七八斤重，可以炖一锅肥美的野味，无论招待多尊贵的客人，都拿得出手，端得上桌，保证能让高朋贵宾大快朵颐，赞不绝口。

白洋淀俗谚说："春鹘丁，秋鸭子，香了你的嘴巴子。"春天的野鸭最肥美，秋天的鹘丁最驰名。传统的吃法是卤煮，择去羽毛，宰杀干净，全身卤煮。出锅之后清香四溢，色泽诱人，令人大饱口福。白洋淀特色菜谱上还有"龙凤鸭""鸭子凫藕”“鹘丁羊肚菜”等。最名贵的是“子母相偎”，就是在宰杀好的鹘丁、野鸭肚子里放上它自己下的蛋，必须是“原装的”，放好作料在柴锅里清蒸。这道菜，就是可遇而不可求的名贵菜肴了。

要是把鹘丁的大骨剔去，把皮肉和小骨头一齐剁烂做馅儿包饺子，那别具风味的美食，非得到白洋淀来亲自品味才行。

不管是春寒料峭还是秋风萧瑟，渔民都能在船舱里宿眠。就是在寒冷的冬夜，他们也敢睡在冰封的大淀上，看守着捕鱼的“汕箔”，就因为他们有件御寒的法宝——野鸭、鹘丁羽毛做的羽绒被、羽绒褥子。

当然，随着生态环境的变化，白洋淀鸟禽种类及数量急剧下降，很多鸟禽被列入了国家保护动物名单。因此，为保护生态环境，建设生态文明社会，大规模捕猎鸟禽已不合时宜，尤其是捕猎珍稀鸟禽更是应该严厉禁止的行为。

卷五

访谈 | 贾慧献：追故乡的人

（文 | 王加婷）

金圈头，银淀头，铁打的采蒲台。

千百年来，白洋淀这片水域形成了极强的特色分工。大田庄治鱼治虾，张庄儿扽钩，圈头拉大绠，采蒲台淘埝子，东田庄叉晒、杀王八，端村赶转网、扣花罩，邸庄儿下卡，韩村枪排。后来我们又发现了漾堤村的杀王八也是技术高超，北部张庄子有二百年的下卡世家独领风骚，太珍贵。在这个片水域里，许多传统捕鱼技艺、苇编技艺、造船技艺已经消失，或正在消失，我们该如何办？这是白洋淀里的骨血。

贾慧献并不只是一位大学教授，他更是一个喜欢往大山深处乱跑的“孩子”。

周末起个大早，开上一辆自己的小车，带上一根油条当早餐，就往太行山深处出发了。假期一有空，带上学生，一个记录本，一台相机，就往太行山里奔去。

贾慧献说，行走在太行山或白洋淀，就像玩一个疯狂的寻宝活动，看似艰辛实则充满惊喜。

当地有人也因此称呼他为“文化疯子”。

·每一条褶皱都藏着生活的智慧

一口二百多年的水窖，深七米，中间宽，两边窄，口很小，是太行人家专门设计用来收集雨水的工具。

一个石碾，由一个大圆盘组成，直径七八米长，专门用来碾粮食。一幢石头别墅，由六间石头房组成，下面还有地洞。这是一个老人，从山上把石头一块块敲下来，再一块块亲手垒上去的。

这几年，贾慧献大部分的时间，都在寻访太行山文化和白洋淀文化的路上。

贾慧献，河北涞源人，河北大学建筑工程学院副教授。

近年来致力于保定古城及河北其他城市历史文化的挖掘与保护，先后数十次探访白洋淀，对水乡村落的规划形制、建筑构造、材料肌理等方面进行详细的调研与讲解，编撰有《白洋淀百工图说》。2016年创办“太行人家”自媒体，为古城文化的保护贡献着自己的力量。

在广袤的山野之间，没有无用的信息和杂念，人们与自然接近，所有的创意和能力都是自发的。

这些细节，都是非常珍贵而真切的实际体验。不曾真正在太行深处生活过的人，就不会有那样生动细致的“创造”。正是出于对这些创造性细节的热爱，贾慧献对寻访与保护太行山的文化，乐此不疲。

太行山虽然贫瘠，却培育了很多太行人民特有的生活智慧。

在太行众多的古村落中，有一个刘家庄村。整个村庄就是依山就势，由石头砌成，更令人惊讶的是村里的石墙，每十几步远就有一个石龛。据村中老人讲，这些灯龛看似没有区别，却有名有姓有主。每逢节庆活动，村民们会自觉按时亮起心中的“神灯”，为之添油拨捻。

贾慧献常常独自一人驾车前往白洋淀，记录当地村民的生活状态。从渔猎生活，到苇编技艺，他把这些文化信息，作为中国文化的标本保存下来。他走进一间老屋，看到房屋从苇屋顶、苇隔墙、苇挡风、苇炕席、苇窗帘，到小院中的苇篱笆、苇箩筐，都跟芦苇有关，家家户户几乎都是一个芦苇艺术的民俗博物馆。

贾慧献说，在白洋淀广阔的水域中，老百姓就像生活在其中的一条鱼，藏在芦苇丛里的一只鸟。他们懂得与恶劣的生存环境做斗争。他们的生存技巧是在非常严酷的环境中，训练、传承、累积下来的。他们熟悉每一条壕沟，熟练每一种捕鱼方法。

这些水乡的手艺人，他们的心灵手巧自己无法感知到，认为只是水乡的禀赋和从十几岁劳动而来的本能。但对贾慧献来说，这些都是非常宝贵的财富，无人继承，无法传承，就需要社会上的人士去帮扶和转化。

在太行乡村行走的时候，贾慧献为自己建立起了一个与天地万物沟通的秘密通道。他的眼睛、耳朵和鼻子，甚至舌头，都全面向大地敞开，进入一个最为细微、有趣、生机勃勃的生命世界。

贾慧献说，他正是在这样的寻找中，“找到了皈依和灵感”。

而今，不管是太行山，还是白洋淀，村民的生活方式正在发生改变。许多古村落的消失，就像沙漠侵蚀草原一样不可阻挡。“如何通过现代化的交流平台记录并推送给公众以引

起关注，唤醒公众对历史的追忆和保护意识呢？”这样的忧虑常常泛上贾慧献的心头。

·太行山长大的孩子

贾慧献出生在涞源的一个小村庄。家中的亲戚都是善良淳朴的农民，但他们也有一个共同的特点——贫穷。

当他从城里回到老家的时候，发现许多人家住的屋顶都还是纸糊的。生活的艰辛让他决定用他的方式来回报家乡，回报太行。

贾慧献说：“我做这些事，最根本的动力是要把平民的历史文化，把我们的乡土文化继承和传承下去，我认为平民的这种精神是最伟大的。”

贾慧献利用自己的专业和优势，挖掘太行乡土文化里的闪光点，让大家共同来关注这个群体。他建立“太行人家”自媒体，发起农产品销售的公益活动。

“太行人家”这个群体，身体里面还蕴藏着几千年留存下来的乡土文明的气息。他们把公众号和公益商业结合起来，把农户的产品推销出来，让更多的人关注太行乡土，用公益得来的钱去回报乡民，帮助乡民。

“农村是城市的根，但城市的快速发展，并未给农村带来可观的效益，山区内部的贫穷并未改变。一些山区本身有着得天独厚的自然优势、丰富的乡土特产、悠久的历史文化、独特的人文风情，由于交通闭塞，历经数千年相对完好地保存下来。目前城市居民对山区旅游的需求也越来越大，双方都有需求而且互补，但缺少中间平台的搭建。”贾慧献说。

“太行人家”通过微信公众平台，宣传太行山区及古城的文化历史和自然环境，帮助实现小米、核桃等山区特色农产品的对外输出。

另一方面，贾慧献利用专业知识进行古建保护、建筑设计、村落规划和旅游开发等公益规划与策划，用学到的知识去反哺生养自己的农村。

随着一篇篇图文并茂的网文推送，“太行人家”点击量和公众号关注量迅速上升，引发社会广泛关注。河北大学建工学院的李崴、刘田洁、张瑞雪、王晶等老师也加入进来，形成了一个团队。

他们组织文化沙龙，带着学生走进保定顺平县、曲阳县等太行山的古村落，将枯燥的课堂搬上了雄浑壮观的太行山。他们为邢台国家级贫困县巨鹿县、保定博野县村落古梨园等十余个村落做了公益规划及建筑设计，并在太行深处的保定易县、涞源，张家口蔚县，邢台等市县建立了实践基地。

河北大学还创办了跨学科的“太行山乡土民居文化”(亦

称“太行人家”）项目组，研究新形势下的大学生创新创业课题，进行实验性的、融汇多学科的教学探索，力争通过教育改革培养复合型人才。这个课题组的研究成果，也面向全校，开设了一门34课时的全新跨学院选修课。

贾慧献坦言，太行乡土一直是他的美的信仰。人的天性里就有对美的追求，但如果没有中间的媒介，让人发现美，美有时会被遮蔽。他希望自己成为那个媒介，扎到平民里，与他们融为一体，将太行文化的美展现出来。

·重新发现乡土的价值

在贾慧献看来，太行山，是最接近大地的地方。因为接近大地，也就接近故乡，接近生命，接近事物本质的声音。

太行之美，由自然孕育，简单、原始。群山环抱，天天伫立在我们的眼前，我们抬头就可以看到，但大多数人视而不见，以为这种文化是落后的，无知的。

贾慧献站在另一个高度重新审视与思考乡土的价值。

生活在太行山的人们，看似是不自知的，可也就是在这种不自知的状态下，宇宙的神秘才自然开放，像海德格尔的对物“泰然任之”的敞开。

比如那位老人，徒手搭建六间石头房，看似是一种消极的落后，无知的重复，但进一步观察却是精炼、极致的手艺的表现，更甚者是一种对细节的坚持。由于对于细节处理的无微不至，而产生了一种因为敬重而衍生的厚重，并因此见证了生命的厚度。

六间石头房的魅力就在于，越是简单，阐述的空间就越大。

在浩瀚的世界中，个体的劳动赋予流动的时间以充实的记忆，一个老人和六间石头房，在大山深处寂然对话。人作为一个小小的生命，其基本的也是最大的背景就是大自然。大自然由何创造，又滋生出多少奇迹，这些全都需要人类去思索。

徒手搭建六间石头房。在这个简单的过程中，我们看到的，是这位老人与另一种生命的融入，是生命与宇宙的融入。这种融入，直达生命的本体和世界的本原。

有了这样一个浩瀚的背景，意义也不寻常起来。太行山里那些用心做事情的人，会在更长远的时间尺度里，凸显他们的劳动价值。太行山的文化价值，也会在时间的长河中被重新认识。

生活艺术的力量说到底就是生命的力量。这种内在的力量，隐藏在过去，隐藏在千万种被人的生命摩挲过的细碎事物中。只有将那些湮没的物，和今日具体的生活相连接，它

们才能复活，像密码锁的开启，咔嗒一声，一个真实存在过的生活世界，才得以呈现。

贾慧献做的就是，重新发现这个“太行文化”背后隐藏的神秘世界。

在太行山的村庄中行走，看见一张椅子，看见的不仅是那张椅子，更是背后那个造椅人和他那颗心。它展示的不正是可以使你直接接触到的文明古国的心灵历史吗？一把椅子里也保留着人们的思想和情感。

人生活在大地和天空之间，从无尽的星空到天地间万千事物的变幻、生灵的交织，一切都给人目不暇接和永远等待破解的感受。人对苍茫世界是有感知能力的，这种能力有时甚至是不可思议的，这种能力需要保护。

贾慧献诉说过一次真实的经历。有一次，他回到太行老家，在山上待了两个多小时。他想，他的一生，都迈不过太行山的沟沟壑壑。这些大山里的沟壑，曾经阻隔了他与外面世界的沟通，也限制了他的经历和视野。但是从另一个高度俯视太行山的褶皱时，世界仿佛豁然开朗了，太行山的每条褶皱都有大胸怀，每条褶皱都给他无穷的力量。

贾慧献几乎拿出他所有的业余时间，用来实地探访，或者拜访专家学者，搜寻有价值的线索和内容。“每个月工资的四分之一都用到这个上面了。”

他的微信主要是利用每天晚上8点到12点和早晨5点到8点之间的两个时段进行制作和发送。“到目前为止，网友打赏超过了1万元。从哪儿来回哪儿去，这些钱都用于差旅、食宿和给山里的贫苦乡亲们购买慰问品。”

这是一个漫长又艰巨的任务，他搭进去的是无数时间、精力、金钱以及机会成本。保护太行文化困难重重，但他似乎义无反顾。“一个人生活在这个世界上，面包是永远挣不完的。”他说，等自己有更充足的资金、更充沛的时间，再去做乡土文化保护的时候，它们说不定已经消失了，保护的机会也错过了。

贾慧献知道一个知识分子应该承担的责任，他在做着别人没有做过的、意义非凡的努力。在保护太行文化的过程中，他把自己还原成一个谦卑的人。重新用自己的行走，与故土的美连接，重返生命的基座，以生命的眼光看待万物，进而实现对生命的整体关怀，重新在故土上扎根。他的寻访与返乡，为他找到了宽阔的资源，敞开了一个新的世界。

此刻，除了是一位大学教授，他更是一位乡土的观察者，民间的谛听者，记忆的反刍者——也是一个真正在大地上栖居的人。

·访谈录

问_作　者

答_贾慧献

问_您研究与保护古村落多少年了?

答_我专注研究太行山古村落10余年，我将太行山古村落定义为“原始定居性村落、避世田园村落、防御性村落”三种类型。由于这些村落“一族累世聚居一村”，形成了百里不同风，十里不同俗，“一方水土一方乡音”的独特的太行山村落文化，反映在建筑上亦各具丰采。

问_您做太行文化保护的出发点是什么?

答_太行山区农村的历史人文风貌，具有典型的山地乡村特色。生活在太行山深处的农民，在小农经济模式的发展下，用自己的真诚、勤劳与汗水滋养着村庄的发展。他们热爱土地、了解土地，生活中的每一个细节都体现着对乡土的最大尊重。但是在快节奏的现代社会中，人们渐渐淡忘了这些与故乡、故土和故人有关的一切，这里的文化无法传承，这里的经济无从发展。

我们不能因为新的文化而割裂和否定旧的文化。“下里巴人”是“阳春白雪”的根，根比花朵还重要。只有保护乡土文化，我们才有真正的底气和文化自信。越是乡土的，越是世界的。我要做的就是重新发现乡土，重新发现太行。

问_您可以具体说说“太行人家”吗？

答_“太行人家”是我建立的自媒体，主要目的是宣传与保护太行山文化。

“太行人家”以精准扶贫为核心，将公益与创业相结合，致力于构建一个以“公益圈”为核心，以“创业圈”为载体，以实践孵化、教育培训、传播推广、投资交流为配套的业态系统。将来要搭建基地，建立线上线下两种平台，做太行人家知识分子的精准扶贫。

问_“太行人家”建立的意义是什么？

答_农村是城市的根，但城市的快速发展，并未给农村带来可观的效益，山区内部的贫穷并未改变。一些山区本身有着得天独厚的自然优势、丰富的乡土特产、悠久的历史文化、独特的人文风情等，且目前城市居民对山区旅游的需求也越来越大，双向需求而且互补，但缺少中间平台的搭建。

“太行人家”亲力亲为，用实际行动担负社会使命。通过这个平台，我将太行山的农产品经过文化包装，帮助实现小米、核桃等山区特色农产品的对外输出，并且用这个利润回报太行山农村。

我们不一定要改变全世界，改变一个人或许等同于改变全世界。做“太行人家”，只是我复兴太行文化的第一步，我的理想是创建一个太行乡土博物馆，让河北大学成为覆盖太行文化的高地。

问＿您在“太行人家”中发的那些关于保定的珍贵照片和历史资料，是如何找到的？

答＿第一，我有收藏的习惯，保定古物市场卖旧书的都认识我，有保定的古物资料都给我留着；第二，就是到平民家中去，最大的收藏其实在民间，所以很多东西都是我在联系的平民家庭当中发现的。我的业余时间几乎都用来拜访专家学者或者实地探访太行山文化，搜寻有价值的微信线索和内容。我的微信主要是利用每天晚上8点到12点和早晨5点到8点之间的两个时段进行制作和发送。这个公众号的盈利，我都用于差旅、食宿和给山里的贫苦乡亲们购买慰问品。

问＿您对自己是“太行文化的保护者”这一角色是怎么

定位的?

答_太行文化是融入我血液的一部分。我去寻访太行古村落,不是匆匆到此一游,也不是一个精神上游离在外的“疏远者”。我对太行山怀有深情。首先,我和当地的村民一样,是生于斯,长于斯,与太行山共生的“生活者”。其次,我是深入当地,寻访村民生活的记录者。

问_太行山丰富的乡土资源能不能有新的转化?

答_当然可以。一是需要时间去复活。二是需要更多的人力资源的注入。三是需要商业与文化的结合来帮助乡土资源转化与存活。小农生产有它天然的特点,即相对远离市场,因为在小农生产的价值中,许多无法用市场的方式显现出来。比如美丽的田园景色,也是小农的产品,可市场对此没有定价。农民可能去捡一天的牛粪,而不是用化肥,他们可能只穿自己纺织出来的衣服,而不是在衣柜中陈列几百件。我们希望将这样原生态的价值与市场结合,让这样的生产持续。

问_您怎么理解“慢就是快”?

答_“慢”就是甘坐冷板凳。我们今日生活的世界,有时需要的只是速度,是效率,是商业规则,是统领一切规定一切的数字逻辑。慢其实是对一种过程的肯定,是对每个生命的尊重。只有慢下来，我们做事才能有更高的专注力，才能脚踏实地，把自己的生命投入到太行乡土。慢下来，才能走得更长远。

举个例子，我们如果要深入太行山古村落做“特色小镇”和“美丽乡村”，必须在保持古村的村容村貌的前提下，在留住原村民的基础上，才能进行进一步的开发。大拆没有出路，把农民赶上新楼由开发商做商业经营也行不通。因为人没有了，乡情、乡音和乡愁也就不在了，“特色小镇”和“美丽乡村”也就没有了个性和生命力。所以，我们做事情，切莫求大，求新，求快。慢就是快。

问 _ 除了太行山文化保护，您还在做搜集、整理“白洋淀百工”的文化？

答 _ “白洋淀百工”是太行乡土文化的一个延伸。太行山的涓涓细流，最终也是汇到白洋淀。白洋淀的文化越往深处探寻，越可以发掘到无穷的智慧。比如白洋淀有近百种捕鱼方式。有一天，如果做成水面空间演绎，或者渔猎文化展览，都是很有意义的。白洋淀冬日捕鱼，用两艘船，拉着一条大缆绳，上面插着六根大竹竿，一边划船，一边拉缆绳，鱼要撞缆绳，再用大花罩去罩鱼，这样的场面是很壮观和令人震撼的。

我在一次次的寻访中，都最大限度地实现了与美的相遇，拓展了我对万物的认识。

问 _ “白洋淀百工”的文化整理，放在国际化视野来看，有什么重要意义吗？

答 _ 雄安发展为国际化大都市后，白洋淀就是它的“乡愁”。在雄安国际化的过程中，我们这种城市一定会涌入更多的人才与资本，会有更多特色的小镇集群。如果这时候我们有一个白洋淀百工园，可以展现当地的渔猎、苇编文化，这就无疑会成为世界观察雄安的一个窗口。越是地域的，越是世界的。

问 _ 您在做民间文化保护工作，遇到最大的困难是什么？

答 _ 我本身是学建筑设计的，跨界去做乡土文化保护，比较孤独，因为外界的帮助比较少。很多人不理解我做的事业，认为保护乡土文化，是国家应该做的事，个人单枪匹马去做文化复兴，不仅占用了大量的时间，也耗费了大量精力。有段时间，家里人生病住院，我无法拿出更多的时间去陪护，只有白天工作，晚上陪床。这种时候会觉得孤立无援。但是这种孤独，也给了我很多思考。之所以可以坚持下来，是因为我对乡土有发自内心的热爱，也因为我向往的生活比他人更简单、更质朴。我觉得每个人都应该成为一只有尊严的萤火虫，会自己发光。哪怕这个光很微弱，却也是自己在发光。

问_乡土文化中最打动你的是什么？

答_生活在太行山中的人，都是与自然共生的“真正生活者”。太行人家祖祖辈辈倚在这大山环绕的环境之中，如同背后的山脉和田野，如同山中的野兽与植物，是扎实生活于此的。

他们的生存哲学太丰富了。比如头上裹着的一块毛巾，看似简单，但是用途可不小。天气冷的时候可以保暖，天气热的时候可以擦汗，干农活时还可以防尘。他们用水窖收集雨水前，会先将院子扫净，等到暴雨下透了，再收集房顶和院落的雨水，这样的雨水，用来泡茶更香甜。

太行山的生活虽然贫困，但是每个人都很善良真诚。在寻访顺平县刘家台村的时候，我们发现古老的农户家门槛下留有专门的猫洞，即使闩门闭户猫也能自由出入。这就是人和动物、人和自然和谐相处最好的例子。

我在做“白洋淀百工”的时候，了解到近百种捕鱼方式，这些技艺都是白洋淀人智慧的结晶，世代传承，繁衍生息，绿色环保。但是随着手艺人的老去，这些精彩的技艺将很难再现，现在都面临消失的困境。

每当我行走在太行山那些空心破败的村子里，在极深极窄的巷子，听到飞鸟在巷子上空飞过的声音，我的内心总有一种恐慌。传统文明在工业文明面前不堪一击，如果有一天，这些生存智慧，只能在文字典籍、博物馆藏中寻找到只鳞片甲，该是多大的缺憾。

问_您接下来还有什么规划吗?

答_乡土是中华文明的根，乡愁是中华文明的魂。我这一生最大的心愿就是把太行山的沟沟壑壑走遍。我接下来还会做这方面的研究工作：一是关于红枣文化聚居地的研究，二是关于邢台院落的文化研究，三是关于太行山东麓的建筑研究。

问_您在白洋淀深处，是怎么带着学生一起搞社会实践的?

答_白洋淀里有个圈头乡，那里有个古水镇音乐社，是一个隐藏于白洋淀芦苇深处的孤岛上的音乐香会。原先那是一个与外界隔绝的世外桃源，进出只有靠船。也正因如此，那里才保存了很多古镇风韵，以及古音乐曲。大概十来年前，才修了进村的路，进出交通方便了，很多生活方式也就逐渐消亡了。

有一年，我带着好几个大学生一起去那里。其实年轻的大学生对这些东西也很着迷，一开始我们按旅游、历史、古建专业划分了三个考察小组，但是随着考察的不断深入，大家不断交叉越界。后来我干脆决定，不再受专业所限，自由考察。

问 _ 您还在学校新开设了一门跨学院选修课，学生们反响如何?

答 _ 效果还是不错的。我们在教学的过程当中还带着学生去白洋淀深入挖掘过一次，有一半儿的学生去做了调研，很多学生也非常喜欢。当然这门课程也需要再深入，再升华，需要把老师和学生的激情更多地调动起来。授人以鱼不如授人以渔，学生对于未来有长远的目标和规划在某种程度上比知识更重要，学生第一就是要真诚，真诚是最根本的；第二是要有格局有视野，不要只为一时得失，不要仅仅想个人，要想着自己的社会价值。

问 _ 您同时也是大学教授，在教学中，希望将您的学生培养成什么样的人?

答 _ 教育最终是要成人之美。并不是要让每个学生都成为成功的人，成功没有标准。教育是要成全人，让每个人成为自己，最好的、最美的自己。

我希望我的学生首先成为“自己”，其次成为对社会有价值的人。我很喜欢狄尔泰，以狄尔泰为代表的生命哲学一个引人瞩目之处，就是强调生活在生命中的重要作用。在他看来，一切知识都以生活关联为基础，一切思想都离不开日常生活和与其相关的个体生命。

我的学生要学会注重生活与知识的联结，善于从日常生活的细节中拥抱生命和感悟生命的价值。如果用这样的心态对待世界，一个人永远都不会失落，因为有一个可以应对一切的精神世界。

·本书部分参考资料

1. 安新县地方志办公室:《白洋淀志》, 中国书店, 1996年。

2. 安新县圈头乡地方志编纂委员会:《圈头乡志》, 1996年。

3. 冯钟琪:《白洋淀的渔具》, 农业出版社, 1959年。

4. “太行人家”微信公众号有关民艺调查与口述材料。

5. 赵春龙、肖国华、罗念涛、远全义、邓鹏春:《白洋淀鱼类组成现状分析》,《河北渔业》2007 年第11 期(总第167期)。

6. 夏雪岭、翟雷田:《几种在白洋淀野生状态下绝迹的经济鱼类及原因》,《河北渔业》2014年第5期(总第245期)。

7. 舒伟:《近代白洋淀特色经济述论》, 硕士学位论文, 河北大学, 2009 年。

8. 费孝通:《乡土中国》, 人民出版社, 2015年。

9. 孙犁:《孙犁文集》(补订版), 百花文艺出版社, 2013年。

10. 邓志庚:《生活在白洋淀》系列乡土散文。

11. 沈括:《梦溪笔谈》，上海古籍出版社，2015年。

12. 曹玉萍、王伟、张永兵:《白洋淀鱼类组成现状》,《动物学杂志》2003 年38期。

乡居文丛 耕读 CULTURE

主　编　路景涛

副主编　贾慧献　赵树志　张艳玲

策　划　周华诚

撰　稿　《渔猎：消逝的渔歌》

草　白　小　麦　周　围　邓志庚

《苇编：以手抵心的生活》

周小麦　王加婷

《柿曲：一枚果实的巅峰时刻》

周华诚　郭　琳　小　麦　卜　冬　成向阳

陈丹玲　蔡立鹏　王　寒　周　围

《素心：极简至美的时光》

李小奔　一大碗　宛小诺　村　上　赵统光

周　围　彭治国　也　斯　简　儿

插　图　刘　硕　老树画画　金　雪　赵统光

摄　影　林长庚　盛　春　周华诚　成向阳

鸣　谢　云乡居文化发展集团·耕读共享计划